ハヤカワ文庫JA

〈JA1559〉

シャーリー・ホームズと
バスカヴィル家の狗

高殿　円

JN092169

早川書房

8995

本文イラスト／雪広うたこ

目次

シャーリー・ホームズとバスカヴィル家の狗

登場人物

シャーリー・ホームズ……………………ロンドンの治安維持システムを自任する顧問探偵
ジョー・H・ワトソン……………………元軍医。ロマンス小説家。シャーリーの助手で同居人
ミシェール（マイキー）・ホームズ……英国政府高官。シャーリーの姉
ミセス・ハドソン…………………………ベイカー街221bの電脳家政婦
ミスター・ハドソン………………………ベイカー街221b一階のカフェ〈赤毛組合〉店主
グロリア・レストレード…………………ロンドン警視庁警部
ビリー………………………………………グロリアの息子
キャロル・モーティマー…………………ジョーの叔母
ヘンリー・バスカヴィル…………………デヴォン州アルスター周辺を治めていた領主一族の当主。キャロルの婚約者
チャールズ・バスカヴィル………………前当主。ヘンリーの死んだ伯父
ヒューゴー…………………………………チャールズの飼い犬
バリモア……………………………………バスカヴィル家の使用人
ローズ………………………………………バリモアの妻
マージ・ステープルトン…………………植物学者
ジャック・ステープルトン………………自称トレジャーハンター。マージの弟

ローラ・ライアンズ……………………ベーカリー&カフェ〈ライアンズベーカリー〉店主
ジム・セルデン…………………〝ノッティングヒルの殺人鬼〟
イライザ・モラン………………英国陸軍将校。ジョーの元同僚
ヴァージニア・モリアーティ…………数学者で情報処理学の権威。犯罪界のドン。シャーリーの人工心臓の開発者

シャーリー・ホームズと
バスカヴィル家の狗

Shirley Holmes & the Hound of the Baskervilles

雪のように肌が白く、血のように真っ赤な唇に血管の透けた頬を持つ私のルームメイトこと、シャーリー・ホームズの朝は遅い。

というか、彼女にほぼ朝はない。

私、ジョー・H・ワトソンがモバイルのしつこいアラームに起こされて目やにをほじくりながら二階に降りてくると、彼女は前の晩からそこにいるのであろう、ショーウインドウ奥のマネキンのような姿でカウチに寝そべって固まっている。

「シャーリー、またベッドで眠らなかったの？」

返事はないことのほうが多い。私は床に落ちている膝掛けを拾い上げて、彼女の人間ギリギリの体温がこれ以上低くならないように努める。幸いにも部屋の暖炉はグラフィックではなく本物で、火が消えたあともまだじんわりと暖かさを保っており、古いスチーム暖房が活躍するまでもない。

リビングに来て十分以上経つのに、シャーリーのインクルージョンの少ないパライバトルマリンのような目は私を見ない。私はため息をつき、その開いたままの目を閉じさせる。まるで「ご臨終です」と言ったあと、ベッドの上のできたてほやほやのご遺体の家族がわっと泣き出すまでの〇《ゼロ》コンマ数秒にやる仕事のようだ。触れたまぶたが温かいことにどこか安心しながら、バスルームで顔を洗っていると、チンと音がした。

『おはようございます、ジョー様。十一月一日午前七時十分、今朝のロンドン外気温は摂氏十二度、本日の予想最高気温は二十度、湿度は五十パーセント。くもり時々雨です』

「おはよう、ミセス・ハドソン。今日の朝食は？」

『温かいミールを、とのリクエスト通り、米のヌードルをご用意してあります。ベトナム料理です』

「わー、フォーだ。大好き！」

私は、典型的なグルテン中毒者である。朝はパン、昼はパスタ、夜はサンドイッチという見事な炭水化物尽くし生活が繰り返されようともなんの疑問ももたない。なのにここベイカー街近辺でも最近ヴィーガンの住人が増えたのか、レストランのメニューにもベジタリアンマーク、グルテンフリーマークがハラールマークに次いで増えたように思う。

（人生の楽しみが食べ物しかない人が圧倒的なのに、それをあえて己《おのれ》に規制するなんて、みんなえらいなあ）

　どんなに健康に良いとはいえ、動物がかわいそうとはいえ、私は今日もカロリーにおびえるフリをしながらパンにかぶりつき、罪深いまま肉をカッ食らおうと思う。そう話すと、このアパートの一階に入っている店舗〈赤毛組合《Redsh Guild》〉のマスターこと、ミスター・ハドソンが米はいかがですかとすすめてきたのだ。フォーは米の麺だから、グルテンフリー主義の人々の間で流行《はや》りつつあると聞いた。

「はああ～、あったか～。朝からヌードルとスープって最高！」

　先週、古いダクトを改造して作ったらしいトレイ分ほどのスペースの昇降機のおかげで、朝は一階のカフェからあつあつのモーニングが届く。真冬でもコーヒーが冷めないというのは贅沢の極みだ。

　私は、冷蔵庫から物を取り出すときと、ランドリーを利用するとき以外にほぼ使われたことのないキッチンを横切り、暖炉の前のテーブルにトレイを置いた。さっそくフォーをいただくことにする。ズッズッという音を気にしながら麺をいただくと、部屋にはほんの少しアジアンフードの香りが漂った。シャーリーはまだ起きない。いったい昨日は何時まで起きていたのだろう。

あっという間にボウルの中身を胃に流し込んで立ちあがり、トレイをダクト・エレベーターに戻した。なにごとにもどんくさい私は、椅子の脚につまずいて暖炉の上のものに手が触れてしまう。

「あっ」

そこにはシャーリーや私の私物もいくらか飾ってある。マントルピースの上から落ちたのは、謎の木彫りの置物だった。これは先月、リバプールの叔母が旅行のお土産といって送ってきたもので、叔母曰《いわ》くペナン島伝統の魔除《よ》けなのだそうだ。

なにか怪物の頭らしいそのなんとも形容しがたい置物は、ころころと転がってカウチの脚に当たって止まった。私が拾い上げようとしたそのとき、今日この部屋で初めて私以外の人の肉声が響いた。

「ミセス・ハドソン。現在の時刻とジョーの職場までの通勤時間は？」

この声の主こそ、ベイカー街221bのオーナー、ただしくはオーナーの妹、シャーリー・ホームズ嬢二十八歳。血液型はたしかRHマイナスのO。

『おはようございます、シャーリーお嬢様。現在の時刻は午前七時三十八分。ジョー様の職場であるバービカン・メディカルセンターまで地下鉄で約二十分です』

ミセス・ハドソンの報告がいやがおうでも私に現実を把握させる。このままでは遅刻だ。

「うわー！　そうだった。のんきにアジア麺をすすってる場合じゃない！」

昨日帰宅したときと中身が全く同じショルダーバッグをつかんで部屋を飛び出ようとしたそのとき、

『本日は、休日です。ジョー様』

「!?　え、あ、そ、そうだった……っけ、……」

有能なる電脳家政婦ことミセス・ハドソンのおっしゃる通り、先日休日の夜間救急のバイトを代わったので、本日は金曜日ながらオフの予定である。

「なあんだー、じゃあもっとゆっくり寝てればよかった」

ひとりがけ用の椅子にどっと倒れ込む。ああ、早く起きて得したような損したような……

……

「おはよう、シャーリー」

「おはよう、ジョー。君は傾向的にひとつのことに気が逸《そ》れると直前までしようとしていたことを忘れる。リバプールの叔母上から送られたペナン島の土産を拾わなくてもいいのか？」

「おっと、そいつも忘れてた」

慌てて、その魔除けだかなんだかよくわからない怪物の頭部を拾い上げる。

「それにしても、よくこれが叔母からのものだってわかったね」

「意味深だったからね」

「えっ、この怪物の頭のどこらへんが意味深？　……それとも私がいつもの〃初歩的〃なミスを犯してる？　ゆっくり考えればわかることだったりする？」

出勤という緊張感から解放された私は、アフターミールにカフェラテが運ばれてくるエレベーターのモーター音を聞きながら、じっと怪物の頭を見た。

「これは、木彫りだよね。どこかで見たことがある」

私は窓辺に立ち、その木彫りの怪物の頭部を日の光に当てて観察した。

「いかにもアジアの、南国の土産物っぽい。シャーリー、君がこれを叔母からのものだとすぐにわかったのは、私がここで添えられていたカードを読み上げたからだよ。ジョー・ワトソンへ。キャロル・モーティマーより。リバプールの消印でもないのに叔母だと断定した理由だけれど、私宛に外国から土産物を送るような相手が叔母以外には考えられないと君が知っていたから」

「なるほど。いいな、その調子だ。続けて」

エレベーターの到着音がした。血のように真っ赤なラズベリーティーとカフェラテ、ハート型のパンケーキときれいに磨かれた銀のポットがトレイに載っている。一階にいるミスター・ハドソンに、はやシャーリーの起床が伝わっているのだ。

「わかった。これはマーライオンだ。口から水を出してるやつ！　……えっ、でもなんでマーライオンが意味深？　これってよくあるアジアのお土産じゃなかったっけ」

実際、私はこの土産を見て落胆に近い感情しか抱かなかったし、特に大事にしたいとも思えなかったので、こうしてカードごとリビングに置きっぱなしになっているわけだが。

「私がここに、叔母からのプレゼントを置きっぱなしにしていることから、私と叔母との関係がそこまで密ではない、という意味での意味深？　たしかに彼女が外国から土産を送ってくるなんて珍しいことではある……かな。だから、あえて推理するとしたらこう。

リバプールの家で、叔母の身の上になにか事件が起こった。彼女は心機一転するために、アジアへひとり旅に出かけることにした。旅慣れている人間なら、姪っ子への土産にこんないかにもシンガポールの空港ですぐ買えるようなものを買うわけがない。そう、マーライオンはペナンのものじゃない、シンガポールのなんとかというホテルの近くにある噴水！」

『ダウンタウンコア地区の公園にある上半身がライオン、下半身は魚の伝説上の生き物をかたどった噴水です。近くにカジノ、ユニバーサルスタジオなどのレジャー施設が多く存在します』

「……ありがとミセス・ハドソン」

　私のおぼろげな記憶を正確な情報で補足してくれる有能な電脳家政婦よ。

「すごいじゃないか、ジョー。出勤地獄から解放され今日が休みだと知った瞬間から、君はなかなかのものだ」

「どうも」

「君はどうにも自分の人生を失敗したと思い込んでいるふしがあるし、たしかに君自身が自ら光り輝くようなきらめかしい存在ではないことは事実だ。たとえ最近掛け持ちのアルバイトのうち、給料が破格によいメリルボーンにある高級診療所を紹介されて、いっそのこといまのチャリング《C》クロス《C》病院《H》のパートタイムの時間を減らしてこちらに乗り換えようかと思っていたり、そう思ったきっかけが、同僚が次々に結婚して立て続けに何回も結婚記念のご祝儀を回収され、あろうことか、『結婚おめでとう、ＣＣＨの友人たちより』というカードを何枚も書かなければならなくなったこと、いや……まだすぐそばにくっつきそうなカップルの同僚がいて、毎日のようにいちゃいちゃを見せつけられて逃げ出したいから、という、いつまでたっても貧困な恋愛重視的価値観のもとに結論づけられた理由であっても、だ」

「…………」

まったくその通りだったので、私はぐうの音も出ず黙ってカフェラテのカップに口を付けた。

「でもねえ、ジョー。そんな君でもこの社会に大いなる貢献をもたらしている。なにせ、僕が朝から起きているんだから」

「そう！　それだよ。本当に珍しいね」

シャーリーがM&Mの大きな瓶を抱えてチョコレートを摂取することなく、ラズベリーティーなどという比較的まともなものを朝からチョイスしていることはたしかに喜ばしい。

実は、彼女の心臓は半分が人工物で、彼女自身、近代技術の進歩による恩恵を受けずしていままで生きながらえていない。『英国政府の間脳《MSDIE》』と呼ばれる恐るべき政府の役人を姉にもち、彼女がプログラムした電脳家政婦に管理され、さらに毎日起床とともに三種類、八錠の免疫抑制剤を体内に入れ続けることなしでは、まともに日常生活を送れない身なのだ。

そんな彼女は、いまは姉や友人のスコットランドヤード警部である、グロリア・レストレードが持ち込む奇妙な事件を受け持つ半電脳顧問探偵である。私はまったくの偶然から彼女と聖バーソロミュー病院《バーツ》のモルグで知り合い、再会し、いまはこうしてベイカー街などという口ンドンのど真ん中で不思議な同居生活を送っている。

赤の他人とのルームシェアは初めてではないけれど、いろいろとワケアリの相手のわりにはうまくいっているほうだと思う。私はシャーリーを一目で気に入ったし、彼女のほうもこうしてたまに憎まれ口というか、いらない現実を音声化情報として伝えてくるわりに、私のことを嫌いではないようだ。

「つまり、好きってことだよね」

「飛躍のしすぎじゃないか」

「だって、私のおかげで朝から起きてるということは、私がいなかったらシャーリーに朝はないってこと。つまり、私はシャーリーの生き方さえ変えてしまったってことで！」

私がカフェラテを飲むために黙ったのをいいことに、シャーリーはテーブルの上に無造作に置かれていたマーライオンの木彫りの置物をひょいと手に取った。

「あいにくだけれど、ジョー。さっきの君の推理はほとんど間違っている。たしかに君の叔母上は心機一転のためにリバプールを出たようだ。けれどそれはなにか事件が起こったからじゃない。なにも起こらなかったからだ」

「なにも起こらなかったから？」

「そう、むしろ事件はペナンに着いてから起こったともいえる。君の叔母上はリバプールで退屈な老後を送っていた。老後といってもまだ五十代、所有するアパートを長年借り上げてくれるお得意様がいるおかげでギリギリ食うには困らないが、いかんせん人生の楽しみたる心地よい刺激がない。叔母上はいわゆるミーハーな女性だ。君のロンドンにこだわる性格はこの叔母上の影響を多分に受けたせいだ。おそらく君は帰国後の挨拶がてら、彼女にこう連絡したはずだ。いま、リージェンツパークのそばのクラシックなアパートに住んでいる。部屋は古いが広々として、本物の暖炉があり、メリルボーンの職場まで歩いていけるほどの都心エリアだ。散歩に出れば金持ちから預かったペットに運動させるためのシッターがパークへ向かうのとすれ違う。少し歩けば王立音楽院から芸術的なしらべがストリートを水のように流れ、時折モスクのアザーンの声が耳をかすめ、民族のるつぼロンドンの歴史を肌身で感じることができる。友人にも恵まれ、負傷した足の調子もよく、帰国後は充実した生活を送っていると」

「そ、そこまで文学的じゃないけど、似たようなことはメールした、かな」

自分が少々見栄っ張りな性格であることは自覚している。

「姪っ子のすてきなロンドンライフを聞かされ、叔母上は奮起した。一度くらいリバプールを出て行ったこともない世界を見てみるのもいいと思い立った。ロンドンオリンピック以来、さまざまな国から人々が集まってくる。オリエンタリズムを刺激された叔母上はアジアへの冒険を計画した。しかし、長年胃腸にトラブルをもつ彼女は、アジアの食事が口に合わなかったときのことを真っ先に心配したようだ」

ミセス・ハドソンが私の叔母の病歴をつらつらと読み上げる。リバプールの病院の投薬記録など、MI6のシステムとガチンコ勝負をしても瞬殺してしまうミセス・ハドソンにとってはたいした相手ではない。っていうか、キャロル叔母さん、ピル使ってたんだ。ピルねえ。

「年単位で見ると、ピルが処方されている時期と処方されていない時期がある。ということは君の叔母上は子宮や卵巣といった女性特有の器官に疾患があるか、まだ月経があるということだ。重い生理痛に悩んでの処方なら定期的な処方を望むはずだが、叔母上の場合そうではない。この不定期な処方に鑑《かんが》みると、恋人ができて充実したセックスライフを楽しむためのものである可能性が高い」

「いいなあ……」

思わずカップを手にしたまま天を仰いでしまう。容易に想像ができすぎて。そう、リバプールの叔母はそういう恋愛体質なところが私に似ているのだ。

「そして、最近一年はピルを使用していない。ということは叔母上にはいま決まった交際相手がいないと見ていい。そんな彼女が一念発起して海外に出かけたということは、行き先は観光ではなく」

「ビーチだ」

私は慌てて、マーライオンの土産物に添えられていたカードの表面を思い出した。

「海の写真のポストカードだったから、てっきりハワイかと思ってた」

「ヒースローからアジア圏に利便性がいいのは北京、インチョン、そしてシンガポールだ。なるべくアジアンフードに挑戦したくない叔母上が選んだのはシンガポール。そしてそこからダイレクトで行けるアジア圏のリゾートと言えば」

「ペナン！」

もと英国領であるから、あの保守的食生活を愛するキャロル叔母がチョイスするにはぴったりのビーチだ。

「だけど、なんだって急にマーライオンなんて送ってきたんだろう」

「そこだ。君の推理がいつも惜しいところまでたどり着きながら真実という名の扉に決して触れられない理由」

「だってこれ、ただの木彫りの置物だよ？」

「発送元のアドレスは、リバプールではなかった」

あっ、と言った拍子にカップが皿の上で小躍りした。

「そうだ、たしかに国際郵便だった。おかしいなと思ったんだよ、シンガポールに知り合いなんていないのにって」

梱包やラベルは雑にむしり取ってしまったから、もう手元にはない。考えればたしかにおかしなことである。リバプールの家からロンドンへ送ったほうがずっと早く着いただろうに。

「しかも、勤務先のＣＨに送ってくるなんて雑だなあと思ったんだよね。ここの住所を教えたのに」

「理由がある」

「そう？」

「なにごとにも理由がある。そこから目を背けることにさえ理由があるように」

シャーリーはラズベリーティーに添えられていたハート型のグルテンフリーパンケーキにナイフを入れた。もともと赤い生地のハートが破れてまるで心臓が血を噴き出しているように見える。

『僕はシャーリー・ホームズ。僕には心がない』

彼女の口癖は、ときおり私の心に針のように突き刺さる。シャーリーはなにかにつけ、自分が人工心臓であること、薬漬けであること、世間一般常識からかけはなれていることを自嘲気味に口にするのだったが、私はそれをあまり聞きたくないと思うようになっていた。

「私が見逃していることとって？」

「君の指摘通り、リバプールに戻ってから発送すればいいのに、叔母上はシンガポールか
ら君に土産を送った。その理由は？」

「うーん、なんだろ。住所だって私に聞けばいいことだよねえ。メールの一本も届かない
僻地《へきち》じゃあるまいし——あ」

あの叔母が、アジアリゾートでムームー的な柄のドレスを着ている姿を想像すると、謎
の一端が解けた気がした。

「わかった。男ができたんだ」

シャーリーは、白い頬をほんの少し動かして私に微笑んだ。

「正解だ」

「ペナン島のリゾートで、いい男に出会ったんだ。叔母さんの好みからして医者か弁護士。

CCHにこれを送ってきたってことは、相手はおそらく医者。親代わりをしている姪がC
CHに勤めている医師だってことをアピールしたかったんだ！」

つまり、二人の距離を詰めるためのダシに使われた可能性が高い。あの狙った獲物は決

して逃さないラブハンター・キャロルのやりそうなことである。

「いいぞ、その調子だジョー。朝にしては君は冴えてる」

「シンガポールから送ってきたのは、その医者といっしょにシンガポールの空港まで行動していたから。そして、リバプールに戻らず、そのまま医者についていったからだ。だから私にメールを送ってこない。叔母の通信キャリアはthreeでシンガポールで通信容量をチャージするという発想はあのキャロルにはないよ」

「続けて」

ゆっくりとハートのパンケーキを病理解剖のように分解し、口に運びながらシャーリーは促す。

「そっかー。キャロルに恋人ができたのか。浮かれてたんだ。ホテルのWi－Fiからメールをするってことも思いつかないくらいに」

たしかにあのマーライオンは、姪のためにペナン島のリゾートでじっくり吟味したお土産ではなく、シンガポールの空港で適当に買ったらしいブツである。

「いま、どこにいるんだろう。その男に遊ばれてないといいけど」

自分と同じ赤毛の、まるで縮れ毛のスパニエル犬を思わせる叔母に最後に会ったときのことを思い出した。あのときより叔母は六歳年長のはずだが、きっとそんなに容姿も衰えていないのだろう。小型犬ぽいというよりは、背が低くて童顔なのである。

「ペナンからシンガポールへ、そしてシンガポールからどこかへとなると、その医者の家に行ったという考えが妥当かな。ビザのことを考えれば、いまは一時的に帰国しているか、EU圏が妥当だろうけれど。ということは、そのままフランクフルトとか、ジュネーブとか、いかにもキャロルが好みそうなところに男といっしょに戻って、いまごろ蜜月を過ごしているんだろうなあ」

「半分は当たっているが、半分は不正解だ。ジョー。真実の扉はなかなか開かないな」

「でも、私が最後にキャロルにメールをしてから一ヶ月だ。一ヶ月も帰国していないとなると、やっぱりEU圏にいると考えたほうが正しいよ」

「EU圏なら、シンガポールから送るよりずっとリバプールには近い」

「あ、そうか」

「つまり、君の叔母上はもっと遠くに行ったんだ。どこだと思う？」

「そんなのわかりっこない。送られてきたのはこの木彫りのマーライオンだけだよ？　なんでそんなに断定的に言えるの？」

「やれやれ」

　最後のハートまでぺろりと平らげると、シャーリーはティーコゼーを外してカップにラズベリーティーの温かいポットの中身を注ぎ入れた。

「至って単純な理由だからだ。げんにその証拠をこの目で見ているからだよ。そら、そいつがこの家の玄関の前にいて、いままさにまぎれもない真実を告げる呼び鈴が鳴らされようとしている」

シャーリーの予知は当たった。ほどなく、玄関の呼び鈴がブッブーと古めかしい音をたてて響き渡ったのである。

「そら来た」

「来たってなにが!?」

「いままさにこの２２１ｂにやってきたそいつは、確実に僕と君との人生に入り込んできた。吉凶いずれの遣いであるかはまだわからない。——ミセス・ハドソン！」

軍艦の戦闘指揮所《CIC》並のセキュリティを誇るここベイカー街２２１ｂでは、まず鉄壁の人工知能家政婦ことミセス・ハドソンを突破しなければ、なんぴとたりとも足を踏み入れることはできないのだ。

『はい、シャーリーお嬢様』

「来客はジョー宛の電報を持参していると思われるが、速やかに開封し内容を読み上げてくれ」

「えっ、待って待って。それ私の、プライベート！　個人情報!!」

シャーリーは怪訝《けげん》そうに、普段は皺ひとつないその眉間を寄せ、

「このカメラだらけのロンドンで、本当に個人の情報が個人の望むレベルで秘匿されるとでも？」

「それは真実だろうけれど、聞きたくなかったなあー」

私はがっくりと項垂《うなだ》れた。

「いいよ、ミセス・ハドソン読み上げて。どうせろくでもない通達なんだ。軍の年金を減額しますとか、勤務先の契約終了とか、webストランド誌で連載をしてる新作の評判が悪くて打ち切りますとかそういう……」

「ああ、僕らの性別がまるっきり逆になってる、あのシェアハウスコメディか」

「本格バディミステリだよ!!」

私は憤慨してシャーリーの追加のハートを三層まとめて箸で刺してしまった。ド素人の自分にしてはめちゃくちゃがんばってミステリもどきを書いているのだ。あれを月五ポンドで見放題の、年頃の男女を同じ家にぶち込んでおけば自然とつながいができるだろう的主旨の素人頼みネットドラマといっしょにしないでほしい。

『……読み上げてもよろしいでしょうか』

電子ボイスにしては、遠慮がちな雰囲気がうまく再現できている。ミセス・ハドソンは電脳体だが、この家には【bee】と呼ばれる蜂のかたちをしたドローンがいくつも待機していて、軽量の手紙くらいは容易に開封することができる。

「どうぞどうぞ。覚悟はできてる」

『では、読み上げます。愛する姪っ子、そして娘のジョーへ』

思いがけない出だしに、私はまず解雇通知でなかったことに安堵し、○コンマ秒後に続いて驚いた。

「えっ。キャロルからなの？」

『心配をかけてごめんなさい。私は元気です。いま、彼の家ですばらしい時間を過ごしているところなの。この幸福を愛するあなたと分かち合いたくてペンをとりました』

ただののろけのようだ。別の意味で驚きとどす黒いいらだちが募る。

「ミセス・ハドソン。なんだかむかつくから倍速で読んで」

『かしこまりました。――いろいろ話したいことが多すぎてきっとこんな紙数枚じゃ伝わらないから直接ベイカー街の新居へ伺おうと思います。彼もあなたに会いたいと言っています。そしてもし、あなたさえよければ仕事を手伝ってほしいと。彼はアメリカ人であなたと同じ医師なの。いまは私たち、運命の糸で結ばれていたとさえ思えます』

倍速にして正解だった。そこから一枚分くらいは、叔母による恋人への賛辞が綴られていた。クソ。今日の女王の飼い犬情報以上にどうでもいい。

『私は彼を支えるためにアメリカに住むつもりだったのだけれど、やはり運命は私たちを凡人の想像をはるかに超える強固さで結びつけていたみたい。彼の先祖はなんと、イギリス人だったのです！』

「……………先祖がイギリス人なアメリカ人に出会うって、そんなにレアで運命的？」

残念ながら、叔母はあまりアメリカ合衆国成立の歴史に詳しくないようだ。

「ミセス・ハドソン。悪いけど適当な倍速で読み上げちゃって」

『承知いたしました。――と、いうわけで私は十一月二日午後一時に、夫となるサー・ヘンリー・バスカヴィルとともに、そちらにお伺いしようと思います。再会を楽しみにしています。レディ・キャロル・モーティマー・バスカヴィルより』

「ぶっ」

吹き出すのを全力で堪《こら》えたせいで、鼻からなにか出そうになった。シャーリーが私の無作法にあからさまに顔をしかめながらも見なかったふりをしてくれる。

「どうやら、君のせっかくの休日は、恋人ができたばかりという人類がもっとも話を聞きたくない相手によって無残にも打ち砕かれ浪費されるというわけだ。その上、叔母上がペナンでハントしたのはイギリス人の貴族らしい」

「うそでしょ！」

「夫がサーで、自らレディを名乗っているなら、財産の有無はともかく、そう名乗れる根拠があるということだろう。このご時世にすすんでそんなことをしたがる理由が不明だが」

「キャロルは、『ダウントン・アビー』の大ファンなんだよ……」

おそるべきラブハンター・キャロル。アジアの果てで狙ったところが規格外すぎる。

『追伸も読み上げますか？』

「三倍速で読んで！」

『承知いたしました。――ヘンリーと出会ったのは、私がアジアンフードが胃に合わなくて気分が悪くなり、吐き気を催しているときだったの。彼は医師らしく丁寧に私を診察してくれたわ。私は彼の前で服を脱ぐ運命だったのよ。私はそれからも毎日、彼の前では』

「五倍速にして！」

ミセス・ハドソンは私が叔母ののろけ地獄を聞きたくないという意思を尊重し、律儀に倍速を増しながら、ご丁寧に字幕をつけてくれたのだった。

『だから、愛するジョー。あなたも吐き気を催している男性がいたら、積極的に介抱してあげるのがスイート・ディープラブに至る近道よ。愛の極意は二日にゆっくり語り合いましょう』

私は、叔母がマーライオンの置物をわざわざ送ってきた理由を知った。

(なにがスイート・ディープラブに至る近道だよ。そんなものがあってたまるかい)

いままでゲロってる病人を何千人と介抱したが、ロマンスに至ったおぼえなどない。

せめて嘔吐の原因がインフルエンザじゃなく、金持ちにだけ流行《はや》る胃腸風邪だといいな、というシャーリーのつぶやきは聞こえなかったことにした。

＊

デヴォンは、ロンドンからはなかなかに遠い。パディントンからセントデイヴィッド駅まで二時間と十四分。朝、通勤時間帯のセントパンクラスへと繋がる通路をかき分け、改札前のインフォメーションボードを眺めながらカフェラテを飲む。このスペースは私と同じように オレンジ色の電光色を見上げる人々であふれている。時間通りに電車が来ないことも、自分が予約した車両がないこともしょっちゅうなので、みな、自分の利用したい車両が来るのを待つしかない。どの番線に来るかもわからないから、ひたすらアナウンス待ちなのだ。

（あー、どこもかしこもクリスマス一色だなあ）

冬場、年を越すまでの間、パディントン駅構内店舗の真新しいスケルトンデザインが、見事なまでの緑と赤のデコレーションに染まる。私がアフガンでドンパチやっている間に、ロンドンではオリンピックにあわせて、さまざまな主要駅や施設が新しくなっていた。おっとこんなところにフォートナム＆メイスンが、といまさら驚いている私である。

オレンジ色のチケットを発券して、私は時間を待った。最近は特急券も trainline uk のアプリで予約ができるのは便利だが、このアプリ、一度リバプール行きに利用すると、大型休暇の前にしつこいぐらい「帰省しなくていいのか？　チケットが値上がりするぞ」とリマインドを返してくる。そして、当日券は本当に高いのだ。倍以上違うこともある。

「あー、もう当日券って本当に高い。これじゃオヒトリサマがふらっと電車の旅とか行く気にならないよ」

「前もってスケジューリングしたものにこそ、割引きという福音が与えられるということだろう」

「そもそもそんな几帳面な人間は、そうだ旅に出よう、なんて思わないもんなの！」

シャーリーはパディントン駅まで見送りにきてくれ、私がゲートをくぐるぎりぎりまで、私がデヴォンですべきこと、そしてしてはならないことについてお説教、いや助言してくれた。

「この件に関して、君に余計な先入観は抱かせたくないんだ。君はさっきまで部屋に掃除機をかけようとしていたことも忘れてキッチンを素通りし、バスルームで裸になってからそこにタオルがないことに気づくような人間だ。だから、ただ単に事実だけを報告し、あるいは実況中継してくれればいい。分析し解釈するのは僕に任せてくれ」

「それって、私を信用してないってこと？」

「毎度タオルを持って入るのを忘れて床をびしゃびしゃにするのをやめたら考えよう」

そういうわけで、シャーリーはロンドンにお留守番とあいなった。彼女の人工心臓はミセス・ハドソンの管理下にあるが、ロンドンを離れるとその管理機能が落ちてしまう。もし、シャーリーになにごとかがあったとき、【bee】が駆けつけられない。

2番線に見覚えのある深緑色の車両が到着したようだ。私は行ってくるねと言い置いてシャーリーと別れた。

うまくテーブル席が空いていたので、モバイルの充電をしながらゆっくりと車窓を眺めた。こんな時期に、行ったこともないデヴォンに出向くことになろうとは夢にも思わなかった。しかし行かねばならぬ事情がある。なにしろ育ての親ともいうべき叔母、キャロル

・モーティマーの結婚式だ。

（あのキャロルが結婚することになるなんて、ホント世の中どうなるかわかったもんじゃないなあ）

ロンドン郊外の駅をいくつか過ぎると、イギリスはすべて同じ景色になる、といったのはだれだったか……。つまり冬でも枯れない牧草地帯と、ときおりそれらを隔てる柵や放牧されている羊が見えるだけ。すぐに景色にも飽きた。

叔母のキャロル・モーティマーがベイカー街221bにやってきたのは、本人の打った電報通り（いまどき電報！　電報である!!　私はモバイルをぎゅっと握りしめずにはいられない）、十一月二日の午後一時のことだった。彼女は飛び抜けて長身の、どちらかといえば痩せ型の男性を同伴していた。その男がキャロルの恋人であること、そして婚約者に格上げになっていることも、すでに私は察していた。キャロルの指には一カラットはあろうかというダイヤのリングが、独身者の目を突き刺す針のような光を放っていたからだ。

『ああ、ジョー。元気そうね。無事で本当によかったわ！』

がしっと力強く抱擁すると、彼女は未来の夫を私に紹介した。

『こちら、ヘンリー・バスカヴィルさん』

『やあ、ジョー。はじめまして』

立ち話もなんですからと、２２１ｂにあがってもらった。居間ではヴィヴィアン・ウエストウッドの黒のレギンスパンツにオールドグッチのフローラ柄のシャツ、マークスアンドスペンサーのルームシューズ、ジバンシィのローブ姿のシャーリーがいつものアンティークカウチに座っていた。

もっとも彼女はその服の値段を知らないはずだ。いつもナイツブリッジのペントハウスに住む姉ミシェールが、英国の危機のたびに近所でばか買いしては送りつけてくるモノをそのまま着ているに過ぎない。

シャーリーはいつも来客にするように型通りの挨拶をしたあと、我々の繰り広げる白々しい三文芝居の観客に徹していた。

『ごめんなさいね。本当はもっともっと早くに会いにきたかったんだけれど、彼の国に行っていろいろ準備で忙しくて』

たとえ出会って一ヶ月しか経たないうちに結婚を決めたのだとしても、それはそれでこの叔母らしいといえば叔母らしい。そもそも老い先がそんなに長くないのに、リバプールの田舎に引きこもって日がなテニスに明け暮れるより、アジアのリゾートで出会ったアメリカ人の医師と恋に落ちるほうがよっぽど充実している。

『それでね、私がペナンのホテルで、香辛料が口に合わずに吐いてしまって』

『ああ、それは聞いた。そこは飛ばしていい』

『それで彼といっしょにシンガポールまで戻ってきて、あなたのことを思い出して。ロンドンでひとり寂しくクリスマスを迎えるだろうあなたに、このすばらしい幸福のお裾分けをしたいと思って……』

『あー、そのへんも割愛して』

『ほらね。こういう子なのよ。ごめんなさいヘンリー。六年もアフガンの砂漠で軍隊暮らしをしているとこんなふうにドライになってしまうみたい』

キャロルは部屋にあがっても、ずっと婚約者の腕から手を離さなかった。ヘンリー・バスカヴィルという男は、とにかくひょろっとして、たとえるなら車窓をぼうっと眺めていると突然現れる背が高く葉が垂れているトネリコの木のようだった。しかし、実入りはよい医師らしく、着ているスーツも仕立てたものだし、靴もいい。昨日は雨だったのに彼の靴はぴかぴかだから、ホテルで念入りに乾かして磨いたか、もとから二、三足持ち歩くタイプかのどちらかだ。

『それで、マーライオンがきっかけの運命の出会いだったのはわかったから、シンガポールから先どこをどうして、イギリスに帰ってくることになったの』

言うと、キャロルはよくぞ聞いてくれましたというふうに顔をぱあっとほころばせた。

思わずうっと息が詰まりそうになる。恋する女が無意識にまき散らすハッピー粒子は、ブタクサの花粉よりたちが悪い。

『それがね。二人でヘンリーの住むボストンで新しく部屋を借りようかって話をしていたときに、弁護士を名乗る人から連絡があったの。なんでもデヴォンに彼の旧家があって、そこの当主のチャールズ・バスカヴィルという方がお亡くなりになったんですって。それで、遺産のことで話があるから時間をくれって。聞いてみたら、びっくりよ。ヘンリーのご先祖様は、デヴォン州アルスターの領主で、いまでも地元じゃ知らない人はいないほどの名士の家なんですって』

『ああ、それで〝サー〟』

『准男爵になるんですって』

物静かに頷くヘンリーのそばで、叔母は仲買人のように彼の高貴な血筋について語り始めた。その間約二十分。

（あ、シャーリー、本気で寝てる）

私が拾ってかけてあげたブランケットを抱きしめているので、あれはガチの眠りだ。

その後、叔母がロマンチックという名のチョコレートソースをたっぷりかけて語ってくれた内容をシンプルにまとめると、ヘンリー・バスカヴィルの一族は、遠い昔からデヴォン州のアルスターという街周辺を治める領主だったという。その後当主の兄弟の何人かがアメリカに渡り、東海岸に住み着いた。イギリスとアメリカに分かれてからはほぼつきあいはなく、ヘンリー自身もデヴォン州に住む遠い親戚のことなど、小さい頃親に一度か二度聞かされたくらいで、特に関心ももっていなかった。

それが一転したのは、現当主であったチャールズ・バスカヴィルが急死したからである。

『どうやら伯父は、次期選挙で自由民主党から擁立される予定だったようです。南アフリカに投資をして巨万の富を得、それをすべてアルスターの復興につぎ込んでいたとか。デヴォン州の福祉事業だけではなく、文化遺産の保護、アルスター大学への寄付、奨学金の設立など、どれをとっても名士の行いといえるものでした』

子供のいなかったチャールズの遺産は、弁護士によって探し出されたヘンリーに受け継がれることになった。爵位も、である。まさにそんなとき、ヘンリーはアジアの小さな島で私の叔母に出会い、結婚を決めていたのだ。

彼のためにアメリカ移住を心に決めていたキャロルにとって、夫となる男性がイギリスで暮らしてくれるかもしれないことは、願ってもないことだった。

『ほら、だって私、アメリカの食事が口に合わなくて』

アメリカ人が聞いたら千人中千人が、イギリス人にだけは言われたくないという顔をするだろうセリフを、キャロルはため息交じりに吐いてみせた。

『だから、ヘンリーがアルスターのお屋敷で結婚式をあげようと言ってくれたときは、ロンドンオリンピックの開会式みたいに胸の中に花火があがったわ。ああ、ジェームズ・ボンドはやっぱりクイーンを攫《さら》いにくるんだわって』

ジェームズ・ボンドは女王を誘拐しにきたわけではないし、あれはそもそも開会式の余興であったはずだが、世紀のラブハントに成功したキャロルにとって細かいことはどうでもいいようだ。

『だからねえ、ジョー。私ったら庶民なのに、急に准男爵夫人になれって言われて困っちゃうっていうか、ほら、これってまさに「ダウントン・アビー」の第一回じゃない？　主人公のメアリと遺産相続人が運命の出会いをするのよ。「ダウントン・アビー」は真実だったの！　ねえジョー。すべて本当のことだったのよ』

『ごめん、その番組、名前は知ってるけど、見たことないから』

叔母が『ダウントン・アビー』の熱心なファンなのは知っていたが、その理由が主人公の名前が彼女のセカンドネームと同じであったからであることは、なんとなく察した。

伯父の急死を受けて、ヘンリーとキャロルはアメリカでの結婚式を簡易的なホームパーティに変更し、ロンドンへやってきた。チャールズの急死から日は経っていたが、幸いにも彼の遺体はまだ親族に引き渡されていなかった。不審死だったからである。

『不審死？』

『心臓発作による凍死だったんですって。ある朝、ムーアで倒れていたところを発見されて』

『ムーア』

ムーアというのは、デヴォン州中西部に広がる広大な荒野林のことである。チャールズはそのムーアの中にある、代々バスカヴィル家が所有する屋敷で暮らしていた、らしい。

『早くに奥様を亡くされてね。もうお歳だったから屋敷にお手伝いしてくれる人はいたらしいけれど、天涯孤独の身の上だったんですって』

とにかく、叔母は二重の意味で玉の輿に乗った。ひとつ目は相手がそれなりに裕福な医師だったこと、もうひとつは思いもかけない遺産オプションで相手が爵位まで相続したことである。

検死の結果、特に不審な点も見当たらなかったということで、不幸なチャールズ・バスカヴィルの遺体はようやく埋葬されることになった。叔母たちは一足先にデヴォン州アルスター近郊の、ムーアにあるバスカヴィル館へ向かった。そのすぐあと無事に葬儀が終わったと連絡をくれて、続いて結婚式の話になった。キャロルの話では、地元の人々は名士であったチャールズの突然の訃報に深く悲しみ、彼に子がなかったことから代々続いた名門バスカヴィル家の歴史もここで途絶えてしまうのかと残念に思っていたらしい。そこへ、アメリカから新しい遺産相続人がやってくるというので、街をあげて歓迎をしてくれたのだという。

『ヘンリーもそれはそれはうれしそうで、街の人々がここまで喜んでくれるのなら、いっそ私たちの結婚式もアルスター大聖堂でしようという話になったの。すてきでしょ』

キャロルからは一日も空けずに写真とともにメールが届く。彼らはバスカヴィル家の所有する土地や建物、また寄付した先の大学や福祉施設に案内され、そのどこでも下にも置かぬもてなしを受けているらしい。

（まあ、新しくスポンサーになってくれるかどうかがかかってるから、みんなそうするよね）

キャロルが送ってきた地元のサッカークラブのスター選手とのツーショットを目を細めて見ながら、私は頬杖を崩してため息をついた。

ハッピー粒子をまき散らすはた迷惑な新型兵器が去ったあと、221bのカウチの上で昼寝をきめこんでいたシャーリーは、すぐさま地元の新聞記事をミセス・ハドソンに検索させていた。

『新准男爵夫人が君に告げた内容に大きな齟齬《そご》はないようだ。たしかにサー・チャールズ・バスカヴィルは近年体調を崩し、発作的な鬱症状に見舞われることがあったらしい。心臓にも障害があったようで、それらしい投薬記録が見つかっている』

遺体に不審なところはなかったが、屋外での凍死といういたましい事件であったので、念のためアルスター警察によって検死が行われた。しかし、この冬目前の夜間にムーアを散歩するという一見異常に聞こえることも、実は地元の人間は、サー・チャールズがここムーアを気に入って住むようになってから毎日欠かさず繰り返してきた習慣であることを知っている。当然地元の警察もその情報はつかんでおり、不幸なチャールズが毎日の散歩の途中で心臓発作を起こし、そのまま帰らぬ人になった。手伝いにきていたバリモアという名の夫妻もその時間には家に戻っていたため、朝になるまで気づかなかったという結論でまとまった。

『大昔なら、准男爵邸には住み込みの使用人が大勢いて、なんなら准男爵のお供もしただろう。現代ならたとえ億万長者であってもＧＰＳを付けないと、荒野で野垂れ死ぬというわけか』

『まあ、隠居中に自分の好きなムーアで心臓発作の上の凍死なら、悪い死に方じゃないよねえ。体温が下がって痛覚もやわらいでいたと思うし』

私の感想には、人工心臓の〝シャーリー・アンドロイド〟も、そして電脳家政婦のミセス・ハドソンさえそれはどうかという雰囲気だった。もっとひどい死に方のバリエーションをアフガンで見てきた私には、ごくごく正直な感想だったのだが。なぜ。

＊

セントデイヴィッドの駅を降りると、すでに昼になっていた。良い天気の日だったので、私は駅前の〈コスタ〉でサンドイッチとまたもやカフェラテを買い、街中《まちなか》まで散歩することにした。叔母との約束の時間にはあと一時間ほどある。バスカヴィル館のあるクロニクルという小さな集落へはここから車で三十分ほどかかるらしい。

（思ったより普通の街だった）

二時間半かけてサウスウエストのはじっこまでやってきたし、ダートムーアといえば国立公園である。さぞかし荒涼とした田舎だろうと思っていたのだが、アルスターはイギリスらしい普通の都市だった。駅から市街まで少し離れていて、なかなかの傾斜をみな慣れているのかひょいひょいとあがっていく。そこから街の由来になったアルスター河の上を渡ると、すぐに豪奢な大聖堂が見えてくる。

アルスターは歴史のある古い街だ。街のあちこちにローマ時代の遺跡があり、丘陵地に建てられたアルスターの城はノルマンディー公ウィリアムが居住していた記録もあるらしい。長く羊毛の積み出し港として知られ、行き交う船はスペインやフランスからの輸入品をもちかえり、商人と物で栄えた。そんな教科書の中でしか見たことのないワードや歴史上の人物の名前が、街のそこかしこで見られる。

デヴォン州といえば、有名なのはクリームティー。これはクリームたっぷりの紅茶のことではなく、いわゆるアフタヌーンティーセットのことで、乳製品が抜群においしいから絶対食べていくべきとキャロルからの前情報を得ていた。

長らく軍隊にいたからか、私は新しいメニューに挑戦するより、自分の好きなものを手堅く摂取したいタイプで、〈セインズベリー〉や〈コスタ〉に行ってもコロネーションチキンサンドを選んでしまう。コロネーションチキンサンドは、ざっくり言うとカレー味のチキンと干しぶどうをパンで挟んだもので、一九五〇年代にエリザベス女王の戴冠式のために考案されたといわれている。イギリス人にとっては定番の味であり、アフガンでも飽きるほど食べた。なのにまた食べたくなってしまうほどカレー味は、強い。さすが女王の味だ。

日あたりはいいがずいぶんと風がきつくて、大聖堂の周辺でのんびり座っている人もあまりなく、みな襟をたてながら通り過ぎていく。このあたりは特に歴史を感じさせる建築物が多い。しっくい壁にめりはりのきいた黒の梁、大きく突き出した出窓が特徴のチューダー朝スタイルだ。

特に信仰もない私は、観光客気分で大聖堂を訪れ、ステンドグラスをぼうっと見たり壁のプレートを見たりして時間を潰した。

そろそろ約束の時刻となったところ、叔母のキャロルから、すぐ近くの〈オンザグリーン〉というティーハウスで待っているというメールが入った。

「あ、さっき見てたしっくい壁の建物だ」

中に入ると、甘い砂糖と油が混じったいいにおいがする。観光客だか地元民だかわからない人々がみんなお昼を食べていた。そう、いまは昼時なのだ。入ってすぐの壁際の二人席にキャロルが座っているのが見えた。

「キャロル」

「ああ、ジョー！　よく来てくれたわ」

叔母は私を見るなり立ち上がり、私の首に飛びつくようにしてハグした。

「遠かったでしょう。それに今日は寒いわね。さあ、なにか食べましょう。なにがいいかしら。ここはなんでもおいしいのよ。せっかくだからクリームティーをと思ったんだけど、二時にならないとやらないんですって。残念ね」

スタッフが、クリームティーを用意できなくてごめんねと言いながらオーダーを取りにきた。私はコロネーションサンドがまだ胃に入ったばかりだったので、お茶以外はキャロルとシェアさせてもらえるように頼んだ。

「ここはね、ドレイク船長がアルマダ艦隊を破った戦いの作戦を練った宿だったんですって」

「へえ、そういえばプリマスが近いっけ」

「アルスターも貿易港だったのよ。このあたり一帯で飼育した羊の毛を積み出してスペインやフランスに輸出してたんですってね。ヘンリーのご先祖様はそれでずいぶんおうちを大きくしたって話よ」

「あー、だからローマ時代の遺跡やらなんやらが残ってるんだね」

「そうそう。古い街なのよ。そこのロイヤルアルバートホールとかもとってもすてきよ。映画のロケ地にもなっているし」

キャロルは運ばれてきたティーポットの蓋《ふた》をいそいそと開けて、紅茶の色の具合を確認した。すぐにカップに注いでくれる。

「詳しいねえ。さすが『ダウントン・アビー』の聖地巡礼しただけはある」

「そうでしょ。それに、ムーアのほうにはもっと古い遺跡があるのよ。ストーンヘンジとか」

叔母の目がきらきらし始めた。『ダウントン・アビー』が終わってしまって、いま彼女の一番のお気に入りは『アウトランダー』である。

「ストーンヘンジって、もっと北の地方にあるんじゃなかったっけ。それこそスコットランドとか」

「それが、ムーアにもあるのよ。小さいけど、本当に！」

興奮して大きな声を出してしまい、慌てて口を押さえた。

「……本当よ。バスカヴィルの森にあるのよ。私は遠くから見ただけだけど」

「そうなの？」

「なんでもお屋敷のお手伝いのバリモアさんって人が、正式に結婚式をあげてバスカヴィル家の人間にならないと近づいちゃいけない神聖な場所だって……。ヘンリーもそこで、正式に家を継ぐ儀式をするみたい」

急に話がオカルトというか、ファンタジーめいてきたので、私はキャロルの皿からポテトをさらうのを一瞬やめて彼女を見た。

「なんだかフェアリーが出てきそうな話だね」

「……実はね、笑い話じゃなくて、あるのよ。実際そういう話が」

「そういう話って？」

「バスカヴィル家の継承にまつわる話っていうか」

「おばけでも出るとか？」

私は笑いをかみ殺しながら言った。もしこの世に霊魂が具現化できるなら、アフガンはいまごろ生きている人間よりおばけのほうがずっと多く、目のやり場がない状況に違いない。つまり、この世に幽霊なんて存在しない。むろん妖精の国もモンスターもだ。

私はキャロルをからかったつもりだったのだが、予想に反して彼女の表情はさらに暗くなった。

「……モンスターね。でもあながち間違ってないと思うわ」

「どうしたの？」

そういえば、彼女から送られてくるメールのテンションが途中から変わったことに私は気づいていた。おとといまでは、とにかくすてきなアルスター、ムーア、マナーハウス!!だったのが、急に『早く会いたい』『話したいことがある』と、なにやら切実さがにじんでいる文面になった。

「私に話したいことって、もしかしてそのこと？」

言うと、キャロルははっとしたように息を止めて、大皿の上にナイフとフォークを置いた。

「ああ、ジョー。わかってくれるのね。やっぱり家族ってそうよね。そういうものなんだわ！」

「どうしたの。マリッジブルーだっていうなら、それはごくごく当たり前な兆候だよ。それこそ何千年も前から繰り返されてきた環境の差が引き起こす軽度の精神性ショックというか」

「そういうお医者様的なアドヴァイスを聞きたいわけじゃないのよ」

キャロルにしてはテンション低めに遮られて私はますます困惑した。どうしたのだろう。半月前に会ったときは、ブタクサより檜《ひのき》よりたちの悪いなにかをまき散らしていたのに、いまはなんの電波もオーラも感じない。

「もしかして、結婚、やめるの？」

「そうじゃないのよ。そんなことしないわ。だって理由がないし」

「じゃあ、どうして」

「……実はね。手紙が届いたの。手紙っていうか、その、脅迫状っていうか」

「ええ？」

私も彼女と同じように、ナイフとフォークを皿の上に置いた。ちょっとこれは真面目に話を聞かねばと思ったのだ。キャロルは明らかに、本気でおびえている。

「見せてくれる？　その手紙」

もとからそのつもりだったのだろう、キャロルはショルダーバッグの中から封書を取り出した。どこにでも売っていそうな白の便せんと封筒。でも、文面は手書きではなくパソコンで作ったもののようだ。これを送った人の後ろめたさがよくわかる。

「へえ、なになに？　『拝啓　キャロル・モーティマー様　あなたはここがどういう土地なのかご存じなのでしょうか』」

「しっ、黙って読んで！」

彼女にいさめられて、私は心持ち便せんを内側に折り曲げながら中身を盗み見た。

『拝啓　キャロル・モーティマー様　あなたはここがどういう土地なのかご存じなのでしょうか。ここは古い土地。いまだ妖精伝説が息づく南西部です。特にバスカヴィル家の当主は女王よりも重い宿命を背負う。

ムーアに住む魔犬《ハウンド》こそ、この土地の主なのです。バスカヴィル家は彼らに管理を許されているに過ぎません。もし、このアルスターを治めるのにふさわしくないと彼らが判断すれば、すぐに牙をむいて襲いかかる。残念ながら先代、チャールズ・バスカヴィルにもそのようなジャッジが下ったのだと申せましょう』

　読み進めていくうちに、私はこの手紙の送り主がだんだんなにを言いたいのか把握するようになっていた。

「つまり、キャロルのだんなさんにアメリカに帰れってこと？」

「……だ、だってバスカヴィルの妖精たちがヘンリーを認めなければ、ヘンリーは殺されるのよ、先代も、彼らの怒りに触れてあんな変死を遂げたんだって」

「ハハ、ばっかばかしい」

　私はすぐにでもその手紙を破り捨てそうになったが、キャロルがあまりにも深刻そうな顔をしているので思いとどまった。念のため文面の写真を撮る。

「チャールズって人は心臓発作だったってアルスター警察も言ってたじゃない。新聞にだってそう書いてあった。うちの犯罪事件に詳しい同居人が、正式な発表だって念押ししてたから事件性はないよ。心配しないで」

「でも、なんだか気味が悪くて」

　キャロルは陰鬱そうな表情のまま鱈《たら》のフライにケチャップを山盛りにかけた。多大なストレスは感じているが胃は大丈夫のようだ。

「だって、これがただの嫌がらせだったとしても、ヘンリーを歓迎していない人がいるのはたしかだってことでしょう?」

「まあ、そこそこ莫大な遺産を相続するんだったら、そういうこともありえるのでは? 心配なんだったら警察に届けなよ。地元の名士なら警察だってちゃんと動いてくれるはず」

「じゃあ、あなたのルームメイトに来てもらえないかしら。あの、あなたがwebストランド誌で連載している探偵小説のモデルの人!」

「探偵小説⁉」

私は思わずフォークを取り落とさんばかりに驚いた。まさか、このキャロルが私の書いた意図通りに認識してくれているとは思いも寄らなかったからだ。

「ありがとうキャリー、ありがとう、私いますごくうれしい‼」

「ど、どうしたのよ、急に」

いままでコメディだのハーレクイン・ブロマンスだのとろくな評価を受けていなかったので、この一言だけで私はいたく感激し、キャロルに全面的に協力しようという気になった。

「シャーリー・ホームズはたしかに顧問探偵で犯罪事件のエキスパートだよ。だけどひとつ問題があって、彼女はロンドンを出られない」

「どうして？」

「う一ん、彼女はあくまでロンドンの治安維持システムであって、ロンドンを出るとその能力が百パーセント発揮されるかどうかは、よく、わからないんだよね」

　まさか相手が人工心臓のシャーリー・アンドロイドだということを教えるわけにはいかず（たぶん言っても理解できないだろう）、私は適当な言葉を探した。

「体が弱いから、長時間の移動は」

「ああ、そうなのね。でも昔から安楽椅子探偵ってそうよね。ミステリアスで」

　さすが、エンタメマニアの叔母、理解が早い。

「なにか気になることがあったら、シャーリーとネットで繋ぐから直接話すといいよ。彼女も気にしていたし」

「あらっ、本当に!?　じゃあぜひ見てもらいたいものがあるの。バスカヴィルの伝説が本当だっていう証拠があるのよ。バリモアさんがばっちり写真に撮ってあったの」

「証拠って？」

「魔犬の足跡よ。チャールズさんの死体のすぐそばにあったんですって！」

　モバイルをスワイプしながら見せてくれたのは、たしかに通常の犬のものよりだいぶ大きな犬らしきものの足跡だった。

「これ、馬とか羊とかの足跡じゃないの？」

「違うわよ。犬よ。近所に住んでいる学者の先生が言ってたから間違いないと思うわ。もっともその人、植物学者らしいけれど」

「……そこまで専門が違ったら、内科と外科どころじゃないと思うけど」

植物よりは私のほうが人間の専門のぶん、近いのではないだろうか。まあ、それはおいておいて。

「とりあえず、私も行くよ。そのバスカヴィルの館に。私はこの目で見たものしか信じないし、人間の目なんてあいまいなものでなにを見たいのかは本人が決めている。だからカメラのほうがよほど正確に真実を捉えることができるものなんだよ。私はとにかくiPhoneのカメラの性能を信じる」

あくまで自分ではなく。ほかの人は知らないが、自分ほど信用できないものはこの世にはない。

私とキャロルは、スペイン艦隊撃破に貢献したという古い建物をあとにすると、ウーバーを拾って、バスカヴィルの館があるというデヴォン州クロニクルへ向かった。

アルスター河を渡ったところのバス停近くで拾ったウーバーは、私たちを乗せて市街へ出ると高速A30号線に乗った。そのまま西へ一直線。三十分ほど高速道路からの代わり映えしない景色が続く。

　狭い車内で、私はキャロルから、バスカヴィルの館とダートムーアにまつわる古い伝承について詳しく聞かされた。

　曰く、『日が落ちてのち、ムーアを横切ることなかれ。そは悪霊の跋扈《ばっこ》する魔の刻なればなり』

　ほんの数分で高速道路の向こう側に見える景色は茶色い畑地と牧草地のみになった。列車の窓から眺めていた風景とあまり代わり映えしない。それでも、クロニクルと書かれた緑色の標識に従って高速を降り、車道を進むと、これはいかにもデヴォン州らしい景色なのではないかと思うようになった。乳牛が多いのである。

（きっと、乳製品がとびきりおいしいんだろうなあ）

　私の頭の中がクロテッドクリームをたっぷり塗ったスコーンで支配されている間にも、車はかろうじて舗装されているというくらいの車道からさらに脇道に入り、何世紀にもわたって車輪にえぐられた細道をくねくねと曲がりながら登っていく。道の両脇は高い土手に囲まれ、土手には苔が生い茂り、肉厚の羊歯《シダ》で覆われている。車が一台きっちりしか通れない幅のその道は、まるでもう行き先を変えることができない運命そのもののように思えて、私は屋敷で待ち構えているだろうおいしいスコーンのことも忘れてなんだか寒気を感じてしまった。

やがて車は丘を登り終え、視界が開けた。私は一望の広漠たる荒れ野——ムーアの情景に思わず息を呑んだ。荒れ野といっても、この辺りが畑作も酪農もできないと言われていたのは何百年も前の話だ。いまは新しい技術によって開墾され、巨大なトイレットペーパーのようにまとめられた牧草が無数に転がっているし、このような脇道にも電柱が立てられ電話線と電線が引かれている。それでも、ろくに街灯はないから、このあたりは日が沈むと本当に明かりなしでは一歩も歩けなくなるだろう。

(チャールズ・バスカヴィルは、なんでその真っ暗なムーアを散歩するなんていう危険なことをしてたんだろ)

鋼鉄製の門扉をくぐってすぐの車止めスペースで、私たちはウーバーと別れを告げた。送ってくれたドライバーは、難儀しながらUターンして元来た狭い道を戻っていった。あの様子ではきっと幅の広い公道に出るまで十分はかかるだろう。

「うっ、寒……」

私は思わずコートの襟を立てながら振り返った。館は建物の中央部分がどっしりとした箱形で、玄関の部分だけがポーチ型に突き出ており、上がちょうど南向きのバルコニーになっていた。

南に面した壁はびっしりと蔦《つた》で覆われ、館を挟むようにして両サイドに建てられた尖塔は、昔ここが戦争の前線基地であったかのような、銃口を出すためのくぼみがいくつも見られる不思議なデザインをしていた。

「こ、これはなかなか、なかなかだね」

「まあねえ。外はちょっといかにもな洋館だけど、中は新装の部分もあって、とてもすてきなのよ。ヘンリーも気に入ってすぐに住みたいって言い出すぐらい。でもまずは、もっと街灯をつくらなくちゃね。夜は本当に真っ暗なのよ」

時代を経た石積みのポーチにだれかが立っていた。女性だ。私たちが来るのが遠くから見えたのだろうか、私を見るなりにこにこと歩み寄った。

「お帰りなさいませ、奥様。こちらがおっしゃってた姪御様ですか。まあまあ遠いところをようこそ」

差し出されるままに、手を握った。

「どうも、お世話になります。ジョー・ワトソンです」

「私はローズ・バリモアです。いまは主人はいないのですが、夫婦でこのクロニクルに住んで五十年になります。こちらのお屋敷の管理人をしております」

ポーチから中に入ると、すぐに大きな暖炉が目に入った。薪架《まきうま》の向こう側は長い時代を経てすすで黒光りしている。ぱちぱちと本物の火がはぜる音が耳に心地よい。やはり本物の火力はパワーがすごいようで、ヒーターでは追いつかない吹き抜けの広々とした空間が心地よい温度に暖まっている。同じ暖炉による暖房でも221bとは違う気がするのは、やはり田舎の大気がずっと澄んでいるからだろうか。

「アア、疲れた。私は部屋に戻るから、ジョーはローズさんにいろいろ聞いて。あとでお茶にしましょう。いっしょにドレスを見てほしいし、お茶にするのにぴったりなすてきなお部屋があるのよ」

言って、キャロルは私を残してさっさと自分の部屋に戻ってしまった。気分はもうすっかりお屋敷の女主人らしい。

（あれ、ぜったい『ダウントン・アビー』ごっこを意識してる……）

とはいえ、こんな田舎のお屋敷に泊まること自体は私にとっても珍しいイベントだったので、せっかくの休みを堪能することにした。叔母から聞いた予定では、明日の晩に地元の人たちを呼んで結婚のお披露目会をするらしい。要するに晩餐会だ。

（ワンピースさえあればなんとかしのげる。ZARAありがとうZARAどこにでもあるZARA私たちの味方）

ローズさんが案内してくれた部屋に荷物を置き、まず靴を脱いでスリッパになった。バスルームに持ってきた洗面セットを広げ、ふと鏡を見る。

「うわ」

そこには化粧っ気のほとんどない、ボッサボサの髪にひび割れた唇の働き疲れた女の顔が映っていた。なにせ異性の前で取り繕わなくてもいい日々が続いたので、手入れらしきことをまったくしていない。

「目の下ひっど。なんとかしなきゃ。でも、なんとかなるものなのかな」

蛇口をひねって温かいお湯を溜め、ホットタオルを作った。鼻を囲むようにして顔面にのせ、ベッドに仰向けに倒れ込む。じんわりと温かさが届いて仮面のようだった私の皮膚をやわらかくしていくのがわかる。

「さて、Ｗｉ－Ｆｉはっと」

モバイルを取り出すとＷｉ－Ｆｉのマークはどこにもない。この屋敷はもちろん、ご近所らしきご近所もない荒野の一軒家だから仕方がないのかもしれない。３Ｇ電波が届いているだけマシである。

シャーリーに館に着きましたと報告すると、ほぼ間を置かず事件の概要を説明するよう求められた。アルスターのカフェで、キャロルに届いた脅迫文だけを送りつけていたので、その後が気になっていたのだろう。

面倒なので、メールをボイス入力に切り替える。

「屋敷の様子はあとで実況するよ。でも3Gだからうまくできるかわからないよ」

『バスカヴィルの館に伝わる伝承とやらを教えてくれ』

「おや、シャーリーでもそういうこと気になるんだ。妖精伝説を信じるなんて意外」

『信じているわけじゃない。まずなにごとも漏らさず、収集してからの判断を心がけているだけだ』

この返事の早さからして、むこうもカウチに寝そべってボイス入力をしているのだろう。私たちはロンドンとデヴォンで、ほぼ向かい合ってお茶をしているときのようなフラットさで会話をした。

「まさに、旧家を絵に描いたらこうなるって見本みたいなお屋敷だよ。そりゃー幽霊のひとりや二人は普通に棲み着いてそう」

私は、ウーバーの中で叔母から聞いたバスカヴィル家の伝承について、かいつまんで彼女に聞かせた。

「なんでも昔、バスカヴィル家のご先祖が、近所の村娘に恋をして拉致してきたことがあったそうだよ。それでその日はキリスト教のお祭りだったんで、まあ、パーティ的なことをするつもりだったんだろう。ほんとクソ野郎っていつの時代でもいるよね。

　ところが娘が逃げ出したので、男たちは怒って追いかけた。真夜中のムーアで娘は必死に逃げた。そして、ストーンヘンジのところまで来たところで追いつかれ、必死に妖精に祈った。このまま私を妖精の国へ迎え入れてください。はたしてムーアの主である魔犬は娘の願いを聞き入れ、ストーンヘンジに娘の姿は消えた。そして、追いかけてきた男たちにこう言った。――もともとこの地を治めるのは我等であり、おまえたちバスカヴィル家は管理を任されているに過ぎない。たかが管理人の分際でこのような愚かな所業をしでかし、無辜《むこ》なる民草の命をもてあそぶのなら、即刻その早鐘を打つ命の房を食いちぎってやろう。今後おまえの子孫がこの地の名誉を汚すようなことをすれば、すなわち死を意味する、と……。犬が消えたあとには、この世のものとは思えないほど大きな犬の足跡がくっきり残ってたそうだよ」

『日が落ちてのち、ムーアを横切ることなかれ。そは悪霊の跋扈する魔の刻なればなり』

「いい話だ」

　シャーリーの感想に私も深く同意した。

「いわゆる土地神様がムーアの魔犬だってことみたい。今回問題になってるのは、死んだチャールズが品行方正の代名詞みたいな老人だったにもかかわらず、ムーアで変死したから、すわ魔犬の呪いかって言い出してる年寄りがけっこういるんだよ」

『たんなる心筋梗塞ではなかったようだが』

「まあ、直接の死因は凍死だね。気の毒に。年寄りたちがわーわー言ってる理由だけど、死亡当時、そばに大きな犬の足跡があったそうなんだ。それで、土地神様が現れた！　呪いだ！　って変に盛り上がっちゃったんだと思う」

ふむ、とシャーリーはなにごとか考えている沈黙に入った。私はかまわずメールを送り続けた。

「あ、でも、その足跡の正体って、結局魔犬は関係ないみたいなんだ。そもそも、心臓に持病がある老人が、つぶてのような風が身を打ちつける冬目前の、しかも夜の荒野をなぜ散歩しなければならないのか、そこが不思議だったんだけど、こっちにきてすぐわかった。犬だ。チャールズさんは犬を飼ってたんだよ。いまからその犬の写真を送る」

私が部屋に案内される途中、黒い中型犬がするっと階段を上がってきて私にすりよってきた。ローズ・バリモアさんは、犬がヒューゴーという名のチャールズの飼い犬で、家族のいない彼はとてもかわいがっていたことを教えてくれた。寒い夜にわざわざ外へ出たのも、ヒューゴーの散歩のためと考えれば納得がいく。

『ブラッド・ハウンドのミックスだな』

写真を見たらしいシャーリーから返事が戻ってくる。

『ベルギー産の猟犬だ。イギリスの牧草地帯では珍しくない』

「ローズさんが言うには、代々バスカヴィル家ではこのハウンドを飼うのが当主の習わしだそうだよ。チャールズさんが家を継ぐために南アフリカから戻ってきたときも、まず犬を飼えと言われて地元の人が子犬だったヒューゴーを用意したんだって」

『犬に呪われているのに、犬を飼うのが義務な旧家か。難儀なことだ』

「状況からしてチャールズさんはヒューゴーが殺したも同然だから、きっと魔犬のばちがあたったんだろうって言ってる人もいるらしいんだ。まあ全然関係なくて、ほんとに犬が散歩に行きたいってねだっただけの話だと思うけど」

　ブラッド・ハウンドのヒューゴーは人懐こい犬で、いつもチャールズと暖炉のそばで丸くなるか、軟らかいチキン煮をバリモアさんにもらって、一日二回ムーアを散歩するのが日課だったという。飼い主のほうも良い運動になるからと、雨の日であろうと散歩に出ることをいとわなかったそうだ。

「これからキャロルとヒューゴーの散歩がてら、ムーアを案内してもらうことになってる。ストーンヘンジとか見られるの、けっこう楽しみなんだ。もっともそこは、当主以外の人間はあんまり近づいちゃいけないらしいんだよね。近くに底なし沼もあって、いろいろ危ないらしい」

『どんな厳しい自然よりも、人の多く住む場所のほうがむごたらしく人は死ぬものだ』

「……ごもっとも」

たしかに、デヴォン州の一日の死者は、ロンドンのある限られた一角での死者よりも少ないに違いない。ここは明らかに人間の数より羊のほうがずっと多い。

3Gがもったいないので、私はいったんシャーリーとのメールでの会話を切った。叔母からお茶にしましょうとメールがきていた。階段を降りて先ほど通った大きな暖炉のある居間を通り、叔母が言っていた図書室へ向かう。なるほど、こういう貴族のお屋敷はみんなおんなじようなつくりになっているのだな、と思うくらい既視感があるのは、私がアフガンで叔母の送ってきた貴族もののドラマを繰り返し見過ぎたせいだろうか。

(言うと面倒だから見てないと言ったけど『ダウントン・アビー』はいい退屈しのぎだったんだよね)

図書室へと繋がる大きな部屋も、そのまた向こうの部屋も、部屋の南向きは大きなガラス窓だった。上三分の一が豪奢なステンドグラスになっており、いったいどうやって掃除するんだろうと思われる背の高いカーテンがつるされている。ずらっと並んだ革張りのソファはどれもいい艶をしていて、いかにも犬と読書とブランデーが似合いそうだ。

図書室の暖炉の前のソファに、キャロルがもう座っていた。

「ジョー、部屋は気に入った？」

「うん。シャワーが付いてるなんて思わなかった。ゲストルームがあるなんて贅沢だねえ」

「そうなのよ。このお屋敷はこぢんまりして見えるけど、それはムーアが広すぎるからで、全部で二十以上の部屋があるんですって。ヘンリーと私の部屋は東の端よ」

「ヘンリーはいないの？」

言うと、キャロルは一瞬視線を泳がせ、意味深にふうっと視線を後ろへやった。

「いまムーアに行ってるのよ」

例の儀式で、ということらしい。女優ごっこも板についてきたようで、彼女がローズさんを呼ぶと、ほどなくしてお待ちかねのアフタヌーンティーセットがワゴンで運ばれてきた。

「家のオーブンで焼いてきたものですけど」

「食事はいつもローズさんが？」

「ええ、だんな様は、……いえチャールズ様はいっさい家のことはなさいませんでしたから。うちの家は道を挟んですぐなので、歩いて五分もかからないところですし、なにかあったら電話していただければ飛んでいけますしね。……主人とも心配していたんです。夜のムーアの散歩は、たとえヒューゴーが行きたがってもやめたほうがいいんじゃないかと」

ローズさんが並べてくれたティーセットは、本物のシルバーにバスカヴィル家の紋章が入った本格的なもので、皿もマイセンで焼かせた特別なものなのだと聞いた。

彼女が部屋を去ったあと、キャロルは急に声を潜めて、

「実は、彼女たち、ここのお手伝いを辞めたがっているの」

「えっ、そうなの？」

「もう歳だし、そろそろ隠居したいって。アルスター市内に甥っ子が住んでいて一緒に暮らそうって言ってくれてるとか、そろそろ買い出しのための車の運転がきつくなってきたとか。いろいろ言ってたわ。でもリバプールでも郊外住まいの人はみんな背中が曲がってもハンドルは握ってたし、見た感じそんなにしんどそうに見えなかった」

つまり、叔母はバリモア夫妻が自分たちを嫌って出て行こうとしているのではないか、ということが気がかりなのだ。私はさっそくあつあつのスコーンにクロテッドクリームを限界まで載せて頬張った。

「まあ、突然主人が亡くなって、アメリカ人とリバプール人が乗り込んできたら、だれだって違和感あるんじゃない？」

「それはそうなんだけど」

「街中に引っ越したいって気持ちもわかるよ。歳をとれば病院が近いほうがいいし」

「でも、バリモアさんたちは何百年も前からバスカヴィルの館で暮らしてきた、親族らしいのよ。なのに、こんな急に……」

それもこういう地域なら珍しくもない話だ。村の住民全員が親戚なんてわざわざ怪奇ものの映画を観るまでもなく、ありふれている。

「実はね、いまヘンリーはバリモアさん……だんなさんのほうよ。彼と出かけているの。早く領内を案内しておきたいからって。明日のお披露目パーティが終わったら、そのことを改めて話すつもりだけど、ここを去る決心は固いらしいわ」

キャロルは、ここはいいところだしお屋敷もすてきだけれど、だれかの助けが必要だと繰り返し口にした。

「じゃあ、だれか新しく雇えばいいじゃない」

「それはそうなんだけど……」

なんだかキャロルの歯切れが悪いことに私は気づいていた。

「もしかして、脅迫状のことを気にしてる？」

「…………」

「あんなの、だれが送ったかなんかだいたい予想つくでしょ。気にしたほうが負けだよ」

私のあっけらかんとした返事に、キャロルは心底驚いたという表情で顔を上げた。

「え、ど、どうして。いったいだれがあんなこと……」

「まあ、キャロルたちを歓迎してない人たちもいるんだってこと。でも、そうじゃない人たちだってていっぱいいるよ。たとえばチャールズさんはアルスター市にいっぱい寄付をしていたんだよね。それで議員候補にまでなっていた。ってことは、チャールズさんの遺産を引き継いだだれかにも同様の援助を希望している人たちがいるってこと。その人たちはキャロルたちがここを気に入って住もうという気になってることに感謝してるかもしれない」

「そうかしら……」

「さっきの話を聞いて、もしかして脅迫文を送ってきたのはバリモアさんたちかもしれない、と最初は思ったよ。でも昔ならいざ知らず、いまならそんなことしなくたって雇用関係は自由に解消できる。何百年も前からこの地に住んでいる一族ならなおさらモメゴトになりそうなことはしないでしょ。当たり障りなく甥と暮らすからって出て行くはず」

それに、たとえキャロルたちがバスカヴィルの館を気味悪がってアメリカへ戻ったとしても、莫大な遺産はヘンリーが相続することは変わりない。聞けばヘンリーには離婚した妻がおり実子も三人いるというから、彼に不幸があっても遺産はアメリカに渡る。彼がバスカヴィルを去って得をする人間が見当たらないのだ。

「明日のお披露目会に地元の人をいっぱい呼んでいるんでしょ？　だったらそこでわかることもあるんじゃない。バスカヴィル家の人間がどう思われているか。みんなが笑顔で歓迎してくれて、こっそり手を握りながら『いままで通りの援助を期待します』って言ってくるほうに私は賭けるけどなあ」

私の言葉にキャロルはそれなりに安堵したようで、勢いよくプレートの上のケーキに手をつけ始めた。さっき鱈のフライを食べたばかりなのに、いくら食べても太らない体質はいいなあと私は、私と同じ赤毛の頭を眺めながらぼんやり思った。

「それにしても、おいしいね。このクリーム。さっすがクリームティーの郷《くに》！」

まさか、そのアフタヌーンティーの後、状況を楽観視していたことを後悔することになろうとは、すっかりデヴォンのクロテッドクリームとラズベリーのジャムに魅入られた私は夢にも思わなかったのである。

ジョーより、シャーリーへ。バスカヴィル家にまつわる事件に関する報告その1。

さっきから何度かかけてるんだけど、ぜんぜん繫がらないので、覚えているうちにテキストで送っちゃうね。あ、これはバスカヴィル館に戻ってきてからまとめてます。

いまさっき、キャロルとムーアのストーンヘンジから戻ってきたとこ。いやー、外は寒い。綺麗だけど風がすごい。ここに住んで、というか先祖代々何百年も暮らしているっていうバリモアさんが言うには、いまはシーズンオフで閑散としているけど、春になると何百組ものカップルが結婚式をあげにやってくるんだって。キャロル叔母さんは現金だから、さっきまで恐い恐い言ってたのすっかり忘れて、じゃあバスカヴィル館でウエディング事業でも始めようかな、なんて言ってる。まあ、それも悪くないと思うけど。

私たちが、バリモアさんに連れられて行ったのは（もちろん、ハウンドのヒューゴーもいっしょだよ。さすが猟犬らしく、走る走る）いくつかなだらかな丘陵地を越えた先にある、大きな岩がゴロゴロしている山だった。地元の人間は〈裂けた岩山〉なんて呼んでるらしい。そこは館からほぼ一直線だから、天気の良い日は小石みたいな岩が見えるかも、くらいの距離だったよ。

そこで、私たちは面白い姉弟に出会ったんだ。ここクロニクル荘の住人で、メリピットという隣の集落に住んでいるマージ・ステープルトンとジャック・ステープルトンって人たち。

姉のほうはアルスター大学で教鞭をとっているという植物学者で、この土地から切り出された花崗岩の研究をしているらしい。どうして植物学者なのに花崗岩なのかと聞くと、これまたすごく長い解説付きで返事が返ってきたので、詳しくはミセス・ハドソンに聞いたほうがいいと思う。一言でいうと、化石になっている古い時代の生物の採集が目あてなんだそうだ。

「このあたりを歩くときは気をつけてくださいね。特にこのストーンヘンジの近くでは、ぜったいに地元の人間のガイドなしでうろつかないように」

お姉さんのマージさんに、くどいほど言われたよ。その理由というのが、このあたりに無数にある沼なんだ。見るも紛らわしい緑の水草に覆われた底なし沼で、一見するとただの緑地に見える。その向こうにある丘陵地は実は島になっていて、そのまわりを緑の沼がぐるっと囲っているって感じ。だけど、その沼が近づいても気づかないくらいの全面緑色だから、いつになってもここにはまって命を落とす動物が後を絶たないんだって。あー、もちろん人間もってこと。

「じゃあ、ちょろっと聞いた魔犬《ハウンド》伝説で、消えた村の女の子って……」

「ええ。本当は沼に落ちたんじゃないかと私も考えています。きっとこの地ではそういう事故は多かったんじゃないかと。実際妖精のとりかえっこ伝説なんかは、死んだ子は我が子ではなく、妖精の子で、自分の子は妖精の国で幸せに暮らしていると思わないと、悲しくてやりきれなかったから生まれたと言われていますし」

マージ・ステープルトンさんは、いかにも大学の先生という理知的な話し方をする人で、きっとシャーリーとも話が合うと思う。だってちょこっとシャーリーの話をしたら、君の書いている論文の内容に興味を持ったみたいだったよ。

マージさんが今日ここに来たのは数日ぶりだったみたい。ここ、立ち入り禁止になってたんだって。その理由というのが、ちょっと前に話したバスカヴィル家の継承の儀式とかなんとかいうやつのせいだった。このストーンヘンジで、地元の牧師さんと村人が集まって、新当主は一生をこの土地に捧げますっていう誓いを立てるんだって。それで魔犬のOKが出たら正式に（というか実際はもうとっくに形骸化してる儀式だけど）、ヘンリーさんはここの領主になるんだそうだ。

とにかく、このムーアには古い土地あるあるなものが駅前のスーパーマーケット〈セインズベリー〉みたいにぎゅっとコンパクトに詰まっていて、それを書き起こすだけでいい小説のネタになりそうだよ。

こうしている間にも、外は風の音がすごい。ブオオ、ブオオって、まるでおっきな風力発電機がそばにあるみたいな感じ。昔はこの音が魔犬の遠吠えだと思われていて、ヘンリーさんの儀式のあともこの音が聞こえたので、魔犬がOKを出したってことで儀式が終了したらしい。ともかく、この辺り一帯の封鎖は解除されて、マージさんたちもいままで通り化石の採集を再開できてうれしそうだった。

あ、でも待って、ちょっと困ったこともあったんだ。

キャロルに届いた脅迫状のことは言ったよね。あれねえ、なんとなくだけど犯人の目星がついたよ。

っていうのも、実は植物学者のマージさんの弟、ジャックのことなんだ。トレジャーハンターを自称してる、ちょっとそれだけ聞くとどうかと思う感じだけど、聞いて。いまから言うことすごい大事。

そのジャック、年齢はだいたい二十代後半くらいかな。二十代後半で定職についてなくて、自称トレジャーハンターって……。いやそれはともかく、大事なのは、彼、実はすっっっっごいイケメンなの。

んー、シャーリーに言って通じるかどうかわかんないけど、データとして伝えておくと、『ロード・オブ・ザ・リング』に出てたころのオーランド・ブルームをちょっとエキゾチックにした感じ。たぶんわかんないと思うので、ミセス・ハドソンに顔合成してもらって。オーランド・ブルームの顔なんてネットの海にくさるほど転がってると思うから。

そのムーアのオーランドことジャックがヤバイ。もう彼の車が高速を降りてクロニクルにやってくると、どっからわいて出たんだってくらいの女子がぞろぞろムーアに現れるの。いや、とにかくすごいんだよ。実際ここ牧草地なわけじゃん。さえぎるものなんてなくて、二マイルくらい先までなら見渡せちゃう。そこにジャックとお姉さんのマージさんが運転するジープが現れたとたん、町中の若い、いやもう若くないのも含めて女子たちがストーンヘンジめがけてやってくるわけよ。なんていうか、その光景、これどっかで見たことあるなって思ったんだけどさっき気づいた。『ブレイブハート』だよ。よくある戦争シーンで見たやつよ。旗をかかげて軍勢がせまってくるやつだよ。フリーダム!!

みんな、老いも若きもジャックを狙ってる。まあ、それだけ彼はとびっきりのイケメンで、ロンドンのソーホーあたりでバーテンダーでもやってれば、レスタースクエア帰りのプロデューサーに、ちょっと君、どこの演劇学校行ってるの？　なんて声をかけられるレベルのイケメンであるわけなんだけど。あ、先に言っておくと私のタイプではぜんぜんない。どっちかというと私は顔にはこだわりもないし、髪のあるなしも特に気にしないし、キャロルみたいに医者か弁護士キミのハートを狙い撃ち、みたいな偏食ハントはしない。ジャックを取り合う戦争にうっかり参戦しようものなら、もう一時間前にとっくにあのトラップな沼に浮いてたと思う。

なんで私こんなに必死に弁解してるんだろう……？　まあいいや。

あの沼は、〝グリンペンの大底なし沼〟なんて呼ばれているそうだよ。グリンペンっていうのがその森っていうか島の呼称で、あそこは本当に隔絶された一帯みたい。そりゃあ、あの沼そのものが危険で、その底には不幸にも沼で命を落としたあらゆる生物の――もちろん人間もあるだろう――骨がごろごろしてるなんて聞かされたら、なんか不気味な呼び方のひとつでもつけたくなるよね。

ともかく、私が言いたいのはこの沼じゃなくて、べつの沼、ジャックっていう沼みたいなイケメンのことよ。あろうことか、このイケメン、なんでかうちのキャロル叔母さんにめっちゃくちゃ親切にする。ムーア中から自由恋愛の旗をかかげた女子たちがジャックのイケメンキラキラ粒子を一粒でも多く吸い込もうとやってきているというのに、彼ときたらなぜか、五十過ぎの人妻になったばかりのキャロルにばっかり話しかけて、肩をさりげなく抱いたり、ハグしたり。さっきだって、私とキャロルの姿が見えたとたん、手をぶんぶん振って走って迎えにきてくれたわけだけど、そのときの彼をとりまいていたムーア女子の殺気ときたら、もう視線で人が殺せるやつ。船に乗ってたら確実にレーダー照射だって誤認されちゃうレベル間違いなしだった。

キャロルのほうも、それだけのイケメンにちやほやされてまんざらじゃないみたいだけど、ちゃんと理由はわかってるようだった。なんたって彼女はグリンペンの島も含めたこの辺り一帯のオーナーになったわけだから。ジャックとマージが自由にストーンヘンジ一帯に出入りして研究ができるのも、バスカヴィル家の許可あってのものだから、新オーナーに媚びる気持ちもよくわかるよ。

だけど、ムーアのハウンドたちにとってはそんなことどうでもいい。目の前で生きの良いイケメンがリバプールから来たようわからんおばさんにばかりやさしくするのがとにかく気にくわない。おまえ人妻だろ？　関係ねーだろ離れろよ。みたいな視線を感じるわけですよ。ああいうのはロンドンも田舎も関係ないね。まさに世は大航海時代。いまごろキャロルは村娘トークルームでボロッカスに言われてるんだろう。

そういうわけで、たぶんあの脅迫状も、ジャックに熱をあげすぎただれかが、キャロルたちにアメリカに帰ってほしくて出したんだろうと推測されるわけです。蓋を開けてみたらめっちゃくちゃ単純な理由だったよね。

あ、心配しなくてもキャロルにその気はなさそう。なんてったって彼女にとって一番大事なのはポンドだから。ユーロだから。有価証券だから不動産だから資産だから。いくらムーアの生んだ奇跡のプリンスといえども、キャロルにとってはただのフリーター。浮気相手にもならないと思う。

そのへんの価値観が、キャロルと私はとても良く似ているんだなあ。食生活とそれを支えるだけの元手優先というか。

一度、アフガンに駐留中にUS部隊のイケメンとつきあってた将校と話したことがあるんだけど、なんでイケメンはあんなにモテるのかね、たとえ顔だけのクズであっても、って話になったの。夜勤中にね。その日は近郊で空爆もなかったし、特にけが人も運ばれてこなかったから平和だったんだろうな。いまにして思えば。

そしたらそのキラー・マムは、女子は目の前のイケメンを愛しているのではない、イケメンの遺伝子を愛しているのだ、って言うんだよ。

その女性将校はなんだっけ、イライザ・モランっていう名前のすんごい肉食女子で、自分の直属の部下以外全部食った、一個大隊抱いたっていわれる豪傑美女だったんだけど、話してみるとその法則はけっこう理にかなってた。つまり、男とはいずれ別れる。一生を添い遂げるなんて、軍隊生活をメインにしたライフスタイルにはまったく現実的ではない、と。

「だけど、子供はほぼ一生付き合いがある。どんな顔で生まれてもホルモンがかわいいと認識させるけど、イケメンの子だったら二分の一の確率でイケメン、または美女が生まれてくる。ある意味、一生のうちの貴重な時間を捧げる相手が美形なら、幸福になれる確率がぐっと上がる」

みんな幸せになりたくて、本能的にイケメンを選ぶのだ、女子は、ってな話だったなあ。ルッキズムを否定する運動はいくつもあるけど、所詮その呪縛から本当の意味では逃れられない、と彼女は言った。その意見に私は賛成も反対もしなかったけど、彼女の言いたいことはよくわかった。

子供はね、やっぱりね、いろんな意味で綺麗な顔をして生まれてくるほうが、そりゃあ人生楽だと思う。私もママのおなかの中で、シャーリーの顔か自分の顔かどっちか選べって言われたら即シャーリーの顔を選ぶもん。

すべての女性が子供を欲しがっているっていう話じゃないのは、シャーリー相手にだったら特に説明しなくてもいいと思う。とにかく、私なんかは、ムーアのハウンド娘たちを見ても、「おー、野性の本能が爆発しているなあ」とほほえましく思っただけだったよ。あ、もちろんジャックに近づいたらにらまれました。野性の本能、恐かった……

そういう意味でも、明日のヘンリーとキャロルの結婚お披露目パーティは、良い機会になると思うんだよね。キャロルがヘンリー以外興味がないってわかれば、ムーアの採集作業ももう少し平和になると思うんだ。

……と思っていたんだけど。

私が思っていたより、この土地はずっと複雑で、因縁めいた業が羊歯のようにからまっている場所だったようだよ。

キャロルたちは、また脅迫を受けたんだ。

脅迫っていうか、謎めいた忠告といったほうが正しいかな。とにかく、あの脅迫文とほぼ同じ内容を同日のうちに聞かされることになった。

「アメリカで、夫婦楽しく水入らずでお暮らしになったほうがいい、レディ・キャロル」

そう、叔母は下級とはいえ貴族の一員になった。ヘンリーは准男爵だから、その妻であるキャロルはレディもしくはデイムだ。まあそんなことは、航空会社の搭乗者名簿を見慣れていると自然と身に付く知識でしかないんだけど。

キャロルたちは、またアメリカに帰れって言われたんだ。

ほかでもない、ムーアのプリンスこと、ジャック・ステープルトンによって。

＊

ジョーより、シャーリーへ。バスカヴィル家にまつわる事件に関する報告その2。

ジョーです。なんか何度もかけてるんだけど繋がらないの、どうしてなの？　なんかあった？

さっきミセス・ハドソンから連絡があって（ＡＩから連絡があってっていうのもおかしな話だけど）お嬢様はお元気でいらっしゃいますので、どうぞご心配なさらずってボイスメールを聞いたけど、本当に？　シャーリーと話をしない日なんて、出会って以来一日もなかったから、心配になってしまうよ。またなんにもかぶらずにカウチで目を開けたまま寝てるんじゃないかって。

いくらミセス・ハドソンの手と足役のドローンがあるとはいえ、この時期は急に寒くなるんだから。ああ心配だ心配だ。ジョーお姉さんは心配ですよ！

お姉さんといえば、本物のお姉さんは最近見かけないけどあっちも元気にしてるのかな？　私がパディントンからアルスター行きの電車に乗った日、221bを出るときに玄関に山積みになってたあの段ボール箱って、マイキーからだよね。あんなブランドのロゴがでっかく入ったボックスに太いリボンがかかっている荷物なんて、映画の中でしか見たことがなかったから、二度見したのを覚えてる。うおっ、モンクレールだ、フェンディだ、そしてその中に交じっていた『極度乾燥しなさい《superdry》』ダウンジャケット。あれ、昔トルコの給油任務でいっしょになったオオスミって船の艦長が、あのロゴを見て三十分くらい笑い転げてたんだけど、あのロゴの日本語ちょっと変なんだって。でもかっこいいのはわかる。彼は、アフガンには着ていかないほうがいいかもって言ってたなあ。

あれがマイキーのいつもの〝お買い物〟なら、いまごろ我々庶民の知るところではない英国を揺るがす危機が訪れていて、彼女はその事態の解決と収拾のためにストレスが溜まりっぱなし、という状態のはずなんだけど。イエーイ、ロンドンー、元気ー？　ま、ニュースなんかで流れるわけないか。

シャーリーと同居するようになっていろいろ人生が新鮮だよ。まさか叔母が貴族になるとも思わなかったし。私もキャロルに素直に頭を下げたら、リッチな彼氏に甘やかされる日々が待ってるのかも。

そうそう、彼氏といえば！

あのムーアのプリンスことジャックなんだけど、びっくりするくらい私のアンテナにひっかからないの。独身みたいだし、特定の恋人もいないからこそあれだけハウンドガールズを侍らせているんだろうけど、ちーっとも、まーったく、ぜーんぜん、いいなって思わないんだよね。

シャーリーも知っての通り私はやさしい人が好きだし、彼もすっごく親切でいろいろ気を遣ってこのあたりの話もしてくれたのに、——彼曰く、かつてバスカヴィル家の初代当主は、妖精から錬金術を教えてもらい、富豪になったという言い伝えもあるらしいよ！——ぜんぜんピンとこなくて、こりゃいよいよ私の生物としての生命力というかDNA力というか、ともかくいろんな衰えを感じずにはいられなかった。三十代恐い！　彼氏はいらないけど、イケメンに反応しなくなると人生の楽しみが減るのでいやだなあ。

あれから、こっちにきてわかったことがいろいろあって、興味深かったのはバスカヴィル家の紋章について。マスケット銃が描かれているんだけど、その筒に向き合うようにクロスになっているのがよく見ると葉巻なの。これは、大昔バスカヴィル家が葉巻の輸入で大もうけしたことに由来するんだって。それから、マスケット銃と葉巻の上にハウンドの横顔がデザインされていて、なんだか意味深だなあと。そういえばお屋敷のいたるところにこのハウンドの首から上のデザインがあって、椅子の背の両端とか、階段の手すりとか、礼拝堂のドアとか、本当にどこもかしこもハウンドだらけ。とはいえ一見すると目も牙もない犬の頭部だから、犬好きにはウケはいいだろうな。

なんかボイス入力だとだらだら話しちゃうね、これどんなテキストになってるんだろう。見るの面倒だったら早回しして。

今日のニュースは、なんといっても、キャロルのウエディングパーティが中止になっちゃったこと！

びっくりでしょ？　いやほんとびっくりしちゃった。ちょうど試着もしないまま買って持ってきたZARAのワンピースが微妙にキツくてやべって思ってたときだったから、内心ほっとしなくもなかったんだけど。でもキャロルのことを思うと、本当に残念だと思うよ。というのも、理由が理由で、うちの近くに凶悪犯が潜んでるかもしれないってアルスター警察から通達があったんだよ。その凶悪犯っていうのが、ほら、シャーリーがいつだったか興味深いって情報を集めてた、〝ノッティングヒルの殺人鬼〟のこと。ノッティングヒルといえば〝恋人〟しか出てこない私のフワフワ脳でも、さすがに覚えてたあのマッドな事件！　なんだっけ、カトリックの学校で働いてた職員の男が、教師だか修道士だかをいっぱい刺し殺して刑務所から逃げたやつ。ノッティングヒルは観光地だし高級住宅地だし、住人もいい迷惑だよね。

その犯人が、まだ捕まってなくて、なんとこのアルスターにまで逃げてきたっていうから二度びっくりしちゃったよ。スコットランドヤードはなにしてるんだろう。レストレード警部がまた息子のビリーを預けにきたら金とるぞって言っておいてほしい。おかげで最近クッキーモンスターとおさるのジョージのマネだけはうまくなってしまったから。

あ、どうでもいい？　どうでもいいか。どうでもいいね。ＯＫ。わかってる。報告の続きね。

「アメリカで、夫婦楽しく水入らずでお暮らしになったほうがいい、レディ・キャロル」

って、あのムーア王子こと、イケメンのジャック・ステープルトンに言われたのは、こういういきさつだったわけ。まあねえ、先代が頓死《とんし》したあげく、殺人鬼が近所をうろついてたら、こう言いたくなる気持ちもわからないではないね。

ともかく、ヘンリーさんもキャロルもがっかりしちゃって、でも良い機会だからってロンドンからデザイナーやセキュリティ会社を呼んで、この際がっつり屋敷のリフォームをするみたい。このあたりは日が沈むとろくに街灯もなくて真っ暗になっちゃうから、せめて櫟《くぬぎ》の道っていわれているメインロードとその脇道には、最新式のソーラーバッテリータイプの街灯をつけたいと思っていたんだって。それから、例の亡くなった先代、チャールズさんみたいに町民に不慮の事故があったらまずいからって、防犯カメラと見回りのドローンを導入するって言ってる。

ちょうど、アルスター警察から不審人物を見かけたって連絡がこの日に二度もあったから、すわノッティングヒルの殺人鬼か、それとも羊泥棒かってみんな目が本気になっちゃって。

というのもこのドローンは、人間だけじゃなく羊や馬の放牧にも役に立つらしくて、村長さんやこのあたりの組合でも興味をもってる人がたくさんいた。それで、ちょうど良いタイミングだし、ヘンリーが村のために出資して合弁会社を作ろうって話でびっくりするほど盛り上がってた。男の人たちって、ニュービジネスの話が本当に好きだよねえ。まあ、こうなると怪我の功名かな。もともとはよそ者のキャロルたちがクロニクルの人たちとうまくやっていくためのご挨拶会だったわけだから。

や、ノッティングヒルの殺人鬼は早く捕まってほしいよ。レストレードはがんばれ。

二転三転あったわりに、ヘンリーさんたちは真夜中近くまで飲んで話してよかったんだけど、こっちはわりと気になることもいくつかあった。ニュービジネスの話で盛り上がるクロニクルの人たちとは逆で、バリモア夫妻は終始しぶい表情だったのが印象的でねえ。

まあ、彼らからするとこのお屋敷を辞めるのは、キャロルたちのウエディングパーティのあとという約束だったから、それが延期になってしまって不満なんだろうと思う。でも、たぶん理由はそれだけじゃなくて、もっと別の深刻な事情があるらしい。

「こんな田舎の村に防犯カメラを置いたりドローンを飛ばすなんて、もし魔犬を怒らせたらどうなるか」

なんてことを夫婦して真顔で言うんだよ。えーっとロンドンはもうとっくにカメラに占領されているし、由緒ある王族がロンドン塔で何百人って殺されたり城で死んだりしてるけど、特に呪いによる影響はありません。あっ、でも最近北のほうで独立運動が再燃してたり、EUから離脱したいって声が大きくなってたり、市内で爆発が起こったりしてるのは妖精さんの呪いだったりするんだろうか？　んーでもそういうのは、女王とか教会とか秘密情報部《SIS》（MI6）とかにまかせておきたいよねえ。私たち一般市民は税金払うのでせいいっぱいだもん。

閑話休題。

とにかく、バリモア夫妻はドローンなんてこの土地にそぐわない、の一点張りで、まったく赤の他人の私から見ても、なにか都合が悪いことでもあるのかなあと疑ってしまいそうなくらい、反対の態度を隠さなかった。でも、そもそもこの人たちって、ウエディングパーティが終わればムーアからは出て行くんだから、べつにドローンが羊を管理しようとカメラを設置しようと、関係ないと思うんだけど、そこんとこどうなんだろう。なんか変じゃない？

バリモアさんたちの不審な態度はそれだけじゃなくて、しょっちゅうだれかと電話してる。年配の人たちらしく、まだセルフォンじゃない、ショートメールしか打てない機種だからか、メールを打ってる感じはない。相手も年配の人なのかもしれない。一度キッチンにお茶を淹《い》れに行ったときに立ち聞きしちゃったんだけど、とにかく電話をかけてくるな！　って何度も言ってた。私たちの前では親切で品の良い田舎のおじいさんって感じだったから、猫をかぶってないとあんな怒鳴り方するんだって逆に驚いたね。いやいや、人間本性はわからないものです。

奥さんのローズさんのほうも、基本人当たりの良い人なんだけど、ちょっと態度が変。冷蔵庫に置いてあったサンドイッチ（昨日のパーティの残りね）を、もったいないしと思ってキャロルとつまんでたら、なんか急に恐い顔して「サンドイッチを食べたんですか!?」とか言うし。ただの残り物だと思ってたからびっくりしちゃった。どうしたんだろう。ローズさんが食べようと思ってたのかな。でもあの人、ぜったいバスカヴィル館ではお茶すら飲まないし、いつもランチですら家に帰っているんだよ。まさかサンドイッチごときで怒鳴られるとは思わないじゃない？

なーんか変な感じ。二人してもやもやしてた。ちなみに、サンドイッチを食べようって言い出したのはキャロルで、理由はウエディングパーティで着るドレスのために、ここ半月ほどダイエットしてたらしいんだよね。じゃあ、おとといアルスター市内でいっしょに食べたポテトはなんだったんだと思うけど、そういえばあのときもカロリーカットサプリ大量に飲んでたなあ。

まあ、そんなわけでね。ウエディングパーティも無期延期になったところで、することもなくなった私たちは、バリモアさんたちの反対も聞かずにムーアにピクニックに行くことにしたんだ。

だって、領主にふさわしくない行為をすれば魔犬の咆吼《ほうこう》が聞こえるとか、ストーンヘンジに妖精が現れるとか、そんなこと言われたら、じゃあこの目で見てやるかってなるじゃないですか。現代医学を愛するいちドクターとしては。……ほぼ野戦病院でしか勤務経験はないけど。

ペットボトルの水と、バリモアさんが包んでくれたお昼ご飯（それもコロネーションチキンサンドだった）を持って、キャロルとのんびり昼前に出た。私たちが出かけるとわかったとたんに、暖炉の前で丸くなっていたヒューゴーが飛んできて、一緒に行きたい、連れて行ってくれってそりゃもう必死ですがりついてきたんだけど、さすがにひと様の犬を私たちだけで連れだすのはごめんなさいして、館に置いてきたよ。だって、こっちはピクニック気分でゆっくりしたかったし、あんな犬連れだとそうもいかないじゃない？

おとといステープルトン姉弟に会った場所までは、屋敷からはほぼ一本道だった。そういえばチャールズさんが倒れてたのもこの辺りかなーなんて思いながら歩いてた。キャロルは気味悪がったけど、まあ、行き倒れの死体なんて特に珍しく……は、あるか。でも基本的に死体がなんかするのは『バイオハザード』の世界だけだし、そもそももう死体はないわけだし。

いちおう十字は切ったよ。

どこだっけかな、すぐ近くに墓地がある。たしかチャールズさんはそこに埋葬されたはず。バスカヴィル家のみなさんは、バリモアさんちも含め何百年の間、そこの墓地が御用達のようです。

その日は、ステープルトン姉弟はいなくて、おとりまきのハウンドガールズも自宅待機だったみたい。もしかしたら彼女たちにもノッティングヒルの殺人鬼のことは通達があったのかもしれない。そういえば、散歩してる最中に向こうから人がやってくるなあ、と思ったら肩にライフルかけてて、ひさしぶりにあのひやっとした感覚を味わったよ。いやあ、たぶん害鳥を撃ちにいったんだと思うんだけど、そういえばちょくちょく銃声がしてたんだよねえ。でもだれもなんにも言わないから、きっとここでは普通のことだと思ってた。そもそもアフガンから戻って、あんなにフレンドリーな感じで銃を持ってる人に会うこともなかったので、顔が若干引きつってしまったよ。

良い子にしておこうと思いました。

その人も、いまは地元の有志で集まって見回りをしてるって言ってたよ。なんでも、このあたりは昔花崗岩の採掘場だったらしくて、人ひとりが潜んでいられそうな横穴が無数にあるんだって。それで、その人もいまストーンヘンジのあたりを見てきたって言ってた。

それなら、ストーンヘンジのほうに行くぶんには安全かなと思って、二人してえっちらおっちら丘に登って、なんだっけ、そうそう沼。グリンペンの大底なし沼だ。その緑色の藻につつまれた沼地と、向こう側に広がる島を見ながらお昼を食べたんだよ。

キャロルは、ここが妖精の丘ね！　なんて感激して『アウトランダー』のテーマを歌いながら怪しげなダンスを踊ってたけど（そしておもしろいから動画に撮ったので送るね）まあ私に言わせれば、ここは古代の花崗岩の切り出し場で、この石もたまたまそのときに切り出されて使われなかったものが放置されて、いつのまにかストーンヘンジだといわれるようになったんじゃないかなって。

まあ、所詮田舎の伝承だよねーって思いながら遠くを見る私と、なんか自分から巨大な石柱にぶつかっては入れない、入れないと言うキャロルの動画、見てくれた？　端《はた》から見てるとただの危ない人です。まあそれはいいの。肝心なのはその動画の妖精ダンスではなく、ちょうど五分を過ぎた辺りに入ってる妙な音！

五分も見てるのが苦痛だったらすっ飛ばしてくれていいから。私のやる気のない鼻歌とか聞かなくていいから、特に。

大事なのは、その音。

ね、わかる？　なんか、オオカミの遠吠えみたいな音、聞こえない？　ウオオオオオオーンみたいな。ゴオオオオオオーンみたいな妙な音が、何度動画を見直しても入ってるの。

実際、私たちもそのとき気づいた。地響きがしたから。地震ってあんな感じなのかも。地面が揺れて、その不気味な音が辺りに響いて、思わず「まさか……これって……」ってドキッとしたよね。

さすがのキャロルもダンスをやめて、「ねえ、この音ってなあに？」って言い出して。そしたら、見たんだよ。

なにって、ほら、あれ。宙に浮く火っていうか、鬼火！
沼の上に、鬼火が浮いてたの。

＊

私がシャーリーに送ったメールは、いったんそこで途切れている。だからここからは、私がロンドンの221bに戻ってすべてが終わったあと、webストランド誌に不定期連載しているミステリ連載のために、一連の出来事を思い出しながらアウトプットしたものだ。

とにかく、ムーアというところはだだっ広い土地に、大きな丘と小さな丘が、まるで死にかけの人間の呼吸グラフのようになだらかな曲線を描いている。その輪郭は地平線と交わることもあれば、すぐ近くにいるのに永遠に触れられないだれかのように、平行線のまま視界からちぎれて見えなくなることもある。それらをすべて女性的だと感じられないのは、たぶんところどころに岩山があって、寂寥《せきりょう》感のある岩肌が見えているからだろう。

中世のころはさぞかし荒涼とした風景だったのだろうが、いまは十分な自然も緑もあって、ダートムーアは新婚カップルに大人気らしい。魔犬伝説だって、商売っ気のあるイギリス人にかかれば、いいメシノタネなのかもしれない。実際幽霊が出る城やマンションは、観光客がいっぱいで予約が取れないと聞く。

　そんなムーアの、ストーンヘンジで奇妙な宙に浮く火を見た日には、どんなに浮かれきった新婚カップルでも肝を冷やすのではないだろうか。わりと現実主義者で、内臓と体が別々に降ってきてもたいして驚かない私ですら、自分の目を疑って目をこすってしまったくらい、それは異様な光景であると思われた。

「う、うそ、あれ、なに。火……みたいだけど」

　私はとにかく深呼吸をしようと深く息を吸ったが、さっきまで激しいダンスと歌に興じていたキャロルはすぐにパニックになった。

「鬼火!!　あれって、鬼火じゃないの。じゃあ、やっぱりここは呪われた土地。魔犬伝説は本当だったんだわ！」

　若干芝居がかっていなくもなかったが、キャロルの感想に異を唱えるまでもなかった。古代遺跡の上、目の前は謎めいた沼地。荒野に響き渡った魔犬の遠吠え、そして満を持したかのように私たちの前に現れた謎めいた火の玉。

　火の玉は、ゆらゆら、ゆらゆらとうごめきながらこちらを窺っていた。私は、必死でいまは二十一世紀だ、革命といえば産業じゃなくてＩＴ！　イギリスの女王はエリザベス二世！　と唱えたが、やっぱり火の玉は幻覚ではない。

　それどころか、火の玉はだんだんと大きくなり、私たちのほうへすうううっと近寄ってきた。

「ぎゃ、ぎゃーーー!!」

　キャロルはもう半狂乱だった。お昼をここで食べたばかりだったはずなのに、気がつくと日は低く傾き、沼地の向こうの西の空は緋色と金色の混ざったような夕べの色を濃くしていた。その赤光が、グリンペンの沼地に無数に反射して、まるで、

（戦場、みたいだ）

　実際、血だまりが池のようになった町をいくつも見た。こんな広大な緑地ではなかったけれど、重く垂れこめた雲の下、生者の息吹がまったくないという点では同じだ。

　私は一瞬、いまがいつかわからなくなって混乱し、棒のように立ち尽くした。そばではキャロルが半泣きでぎゅうぎゅうしがみついてきているのに、そんなことはどうでもいいとばかりに、心が体を離れて、あの鬼火のようにふわふわと浮いていた。

（ああ、どこだっけ、あれは……、たしか、――といっしょにキャンプ・ショラブの近くを通ったときに見たんだっけ。珍しく雨が降った後で、地面にいくつも穴があいて水が溜まってて……、たまに人の内臓の一部が見えてた……）

アフガンで私は日に日に、戦場に慣れていった。つねに命を危機に晒しているような状態では、とにかく判断が早くなる。夜は息を殺して目を開けたまま一瞬で深く眠り、そのクセが染みついたおかげで死体と間違われたこともあった。ドクターではなく兵士と間違われることもしょっちゅうだった。溶け込むようにしてその土地で暮らす私を、現地の人々はもう何年もここにいるかのように扱うようになった。

なにを見ても動じないよう心がけているうちに、緊急事態ばかりか日常的に心が動かなくなり、やがてそんな自分にいらだつようになった。慣れることと、動じないことと、心が動かないことは、違う。

だけど、おかしいな。ここでは人が死んだ訳でもないのに、私はいまこんなにも心がぐらぐら揺れている。

（やっぱりここは、本当に妖精がいるんだろうか……）

やがて、その無数の鬼火は一ヶ所に集まり、バッと燃え上がったかと思うと、大きな黒い獣の姿になった。

（犬、だ……）

黒々と艶光りする毛並みをたたえた、馬ほどの大きさもある巨大な犬が、沼の上にのそりと立ってこちらをにらみつけている。

「あれが、バスカヴィルの、魔犬……？」

「魔犬？　伝説の!?　本当にバスカヴィル家は呪われているんだわ。チャールズ伯父さんは犬に呪い殺されたんだわ。次はヘンリーの命を狙っているのよ。ヘンリーがアメリカ人だから、バスカヴィルの魔犬は気に食わなくて、それで……」

「キャロル、落ち着いて」

「これが落ち着いてなんかいられるもんですかっ!!」

一喝されて、たしかにそうだと妙に納得した。なにせいま、自分たちはグリンペンの沼地を挟んで伝説の怪物と対峙しているのである。

「まいったな、ほんとにいたんだ」

私は、目を固く閉じてぶるぶる震えているキャロルを片腕で抱き返しながら、どうしたものか考えあぐね、ただただ犬を見つめ返すことしかできなかった。すると、犬はふいっと私たちを脅かすのに飽きたように顔を背け、島のほうに引き返していった。

「犬、行っちゃったよ、キャロル」

「う、うそ。ほんとに？　ほんとに？」

「うん。いなくなった。たぶん」

キャロルは恐る恐る目を開け、そして私の言ったことが本当であると確信したのか、体中からふっと力を抜いた。

「ああ、あああああ、よかった……、助かったわ……」

腰が抜けて立てないキャロルを抱え上げる。

「ほら、しっかりして。もう日も落ちるし、急いで帰らなきゃ」

こんなに日が暮れるのが早かったっけ、というくらいにあたりはもう夜に近づいていて、私は思わずコートの襟をたてた。風も強くなっている。こんな丘にいつまでもいたら風邪をひきそうだ。私はキャロルを引きずるようにして丘を下った。鬼火のせいか、はたまたあの不気味な黒い犬を見たせいか、ペットボトルの水をいくら飲んでも気分が悪いのは治まらなかった。

行きはあんなにのどかな光景だったのに、日が暮れかけのムーアときたら、まるでここが地獄への一本道で、待ち構えるのは悲惨な運命としか思えない不気味さだった。櫟に彩られた細い道は、明るい下ではところどころにラズベリーやナナカマドの可憐な赤い色が見えて、天然のクリスマスリースだね、なんてほっこりしていたのがウソのよう。

「ううっ、寒い。喉痛い。頭も痛い」

「私もさっきから頭が痛いわ。あんな恐ろしい犬を見たから……」

「まあ、この田舎だし、特別大きな猟犬がいるのかも」

「そんなわけないでしょ!!　馬くらいあったのに!!」

「じゃ、オオカミかも」

「オオカミでもあんなに大きくないわよ！」

二人とも、黙っていると恐いからか自然としっかり腕を組み、いつもの二倍速くらいの早口になる。と、そのとき、風の音しかしなかった辺り一帯に、今度ははっきり人の声だとわかる悲鳴が響き渡ったのだった。

ウワアアアアアアアアア!!!

私とキャロルは思わず立ち止まり、顔を見合わせた。

「さっきの」

「人の声、だったよね……」

恐る恐る振り返る。しかし、そこにはついさっきまで歩いていた細い田舎道が丘に向かって延びているだけである。

「ど、どうしよう……」

「どうしようもこうしようも、行くしかないか」

「いやよ!!」

キャロルはぐいっと私の腕をつかんで、館のほうに引っ張った。

「あっちには魔犬がいるのよ。今度こそ殺されちゃう！」

「いや、でもさっき悲鳴があがったし」

「私たちは運がよかったのよ。魔犬がたまたま島にいたから。私たちがいたのがストーンヘンジっていうのがよかったのかもしれない。ううん。私が妖精の歌を歌って踊ったから」

「いや、それはあんまり関係ないんじゃないかな？」

むしろそれで怒って出てきたとは思わないところが、キャロルの強さである。ぜひ見習いたい。

私たちがくだらない言い争いをしている間に、また悲鳴があがった。聞き間違いでなければ、ヒイイイイ、ヘルプ!!　と聞こえた気がする。

「…………いま、」

「いやいやいや、風の音だから」

「ヘルプって聞こえたよ！」

「じゃあ、まず警察に電話！」

キャロルが素早くSOSボタンを押して話し始める。そうだ、なにはともあれレスキューと警察を呼ばないと。

「もしもし、警察？　いま、あっちのほうで悲鳴があがったの。そう、沼よ。だれか沼に落ちた気がするけど恐くて見に行けない!!　ストーンヘンジのあるところよ。早く行ってあげて。私は帰る。じゃあ、あとはよろしくね！」

一方的に電話を切ったあと、やや呆然とした顔でキャロルが言った。

「仕方ないわよね」

「うん、わかるよ」

すっかり日も暮れてしまい、辺りは私たちが丘の上にいたときとは比べものにならないほど暗く、視界がきかなくなっている。街灯もない沼地のほうに行くのは危険だ。

まるで迷子のように身を寄せ合っていた私たちは、ふいに響いた人の声にびくっと身を震わせた。

「通報なら、先に僕がしておいた」

（この、声……）

長い間があった。たしかに私とキャロル以外の人間の声だった。しかも女性の、さらに言うなら私のよく知る、宮殿の内装に使われる大理石の質感を思わせる硬質で、性別を感じさせない声――

「シャーリー!?」

「二人とも、そんなところに突っ立ってるより、さっさと行くか戻るかしたほうが風邪をひかなくていいと思うんだが」

ブルルンという音に、私は彼女が馬に乗っていることにようやく気づいた。どうりでだいぶ上から見下ろされているはずである。

（いや、たしかに元気そうだけど。けど……ミセス・ハドソン……）

はるか二百マイルを隔ててなお、再び馬に乗って現れるとは、知っていたこととはいえ規格外すぎる。

ロンドンのベイカー街221bにいるはずの、私の同居人シャーリー・ホームズは、こうして突然ダートムーアに現れたのだった。

＊

バイクや車ではなく騎馬で市内を警備する警官はロンドンでもお目にかかる、特に珍しくもない存在だが、アルスター警察にも騎馬警官がいるらしい。都会に比べて整備されていない土地が広がるムーアでは、バイクやジープより馬のほうが便利なのはたしかだ。

だからといって、まさかシャーリー・ホームズが騎馬警察の馬に乗って颯爽と現れるとは完全に予想外だった。

「シャーリー、どうして!?」

「説明はあとだ。それより、先に館に戻る。現場へはアルスター警察がすでに向かっている。途中でレスキューが追い抜いて行ったからいまごろグリンペンの大底なし沼で救助活動に入っているだろう。……助かればだが」

「大底なし沼!?」

「っていうことは、さっきの悲鳴の人って……」

私とキャロルは思わず顔を見合わせて絶句した。自分たちがあのとき言い争いをせず、戻っていれば助かったかもしれないという罪悪感で息が詰まりそうだったのだが、

「安心しろ。素人の女二人で助けられる場所じゃない。あとはレスキューに任せよう。ああ、いま現場に着いたと連絡があった。救助活動が始まるようだ」

ほーっと息を吐いた。救助のプロがいるなら、自分たちのような非力な人間の出番などない。シャーリーにも諭され、私たちは寒さとそれ以上の気味の悪さに首を縮めながらバスカヴィル館に戻った。

館ではすでに警察から連絡が入っていたらしく、バリモア夫妻がどこか落ち着かなげにホールで待っていた。

「ああ、お帰りなさい。ご無事なようでよかったです。さっき警察から電話がありまして、いま」

「聞きました。グリンペンの沼にだれかが落ちたとか」

するとバリモア夫人が顔を凍らせて口を手で覆った。

「いったい、どうして……」

「わからないです。私たちも悲鳴がかすかに聞こえただけで」

そのとき、ドアが再び開いてシャーリーが入ってきた。

「シャーリー、えーっと。あの、馬は？」

「返した」

「か、返したってどうやって？」

「連れて帰ってもらっただけだが？」

詳しく聞くと、221bでもたまに天井を掃除してくれているドローンがいっしょにデヴォンまで付いてきていて、アルスター警察に馬を送り届けたということだった。

（ドローンに先導される警察馬って、近未来なんだか中世なんだか）

明るい下でよくよく見るシャーリーは、黒のやわらかそうなウール製のナポレオンコートにロイヤルネイビーのトップスとレギンスパンツ、朱色のバーバリーチェックのスカーフという姿だった。身軽ではあるがモデルの素質がよすぎて、ELLEマガジンの巻頭広告から抜け出てきたようだ。

（まあたぶん、本人がコーディネートしたわけじゃなくて、あの玄関に届いたものを全部そのまま着てきただけなんだろうけど）

暖炉で暖められた部屋で温かい飲み物をもらってほっとした私たちは、しばらく談話室のソファに座ってぐったりしていた。その間にも、シャーリーはずっと耳たぶのフェイクパールのピアスに指を当て、ドローンからの報告を受けている様子だった。

（そうか、ミセス・ハドソンの本体はマイキーが勝手に軍事衛星の一部を乗っ取って使ってるって聞いたことがある。だから、こんなイギリスの果てでもドローンを操作できるんだな）

と、さらっと納得してしまったが、よくよく考えれば英国が諜報活動のために上げている軍事衛星の機能の一部を無断で借用しているなど、どう考えてみてもアウトのような気がする。まあ、私には関係のない話である。

私以上にぐったりしていたキャロルのもとへ、バリモア氏から良くない情報がもたらされたのは、我々が二杯目のストレートティーを飲み干し、つま先と指が適度な体温を取り戻したころのことだった。

「……奥様。実は、だんな様と今朝から連絡が取れないのです」

直後、キャロルは先祖代々伝わってきたらしいバスカヴィル家の紋章の入ったティーカップを皿ごと取り落とした。

「まさか、じゃあ私たちが聞いたあの、あの悲鳴は……」

彼女は慌ててヘンリー氏に電話をかけたが、何度かけても繋がる様子はない。

「ああ、そんなうそよ！」

私たちが割れたティーカップを片付けている間にも、キャロルは気の毒なほどの取り乱しようで、再び館を飛び出しかねない様子だった。必死で犬のヒューゴーが吠えかかり、ドアを開けさせまいとしてくれている。犬でも、いま女性が外に出たら危ないことぐらいわかるのだろう。

「ねえ、シャーリー。沼に落ちた人って、本当に……」

彼女はわかっているというふうに頷き、

「ジョー、ヘンリー氏のモバイルナンバーを教えてくれ。それで位置検索ができる」

私は動揺するキャロルをなだめすかして、彼女の携帯電話からヘンリー氏の連絡先を探し出すことに成功した。シャーリーはブツブツと耳たぶを触りながら音声でミセス・ハドソンと話をしている。

「ねえ、どう？　いまどこにいるかわかりそう？」

「待ってくれ。電波が弱くてうまく拾えない。おかしいな。地下にでもあるのか。だが、もう少しで解析が終わる……」

　固唾《かたず》を呑んでシャーリーの次の言葉を待つ私、せっかく戻った顔色があっという間に外にいたときに逆戻りしぶるぶる震えているキャロル、そしてバリモア氏。ヒューゴーもお行儀良くお座りしてこちらを見ている。

「出た。──ああ、沼地だ。沼の中だから電波を拾えなかったのか」

　冷静なシャーリーの言葉に覆いかぶさるキャロルのヒッという悲鳴。

（ヘンリーさんのモバイルが沼の中にあるということは、やっぱりあの悲鳴はヘンリーさんのもので……）

　悪い予感に悪い想像がパイ生地のように積み重なっていくのをどうにか押しとどめようと、私は無理矢理見えないナイフで思考をぶった切った。

「いや、まだわからないよ！　だって、モバイルが沼にあるってだけの話でしょ⁉　ヘンリーさんが見つかったわけじゃないでしょ」

「ジョーの言う通りだ。おそらく僕が思うに、ヘンリー・バスカヴィル氏は生存している」

「本当に⁉」

キャロルは立ち上がり、足をもつれさせながらシャーリーの座っているひとりがけの椅子のところまでやってきた。

「あのひと、生きてるの⁉」

「三十一分と三十二秒前に、アルスター警察前のカメラが署内へ入っていく氏の姿を捉えている。その後かんたんな聴取の書類が出されているから、おそらくモバイルを盗まれ、盗難届を出したのだろう。そして警察からほど近い店の前でウーバーを拾い、現在シェリントン・ビショップを通過、帰宅中だ。カメラに映った顔を確認、照合完了。九十五パーセントの確率でヘンリー氏ではないかと思われる。従って、現在レスキューによって沼から引き上げられようとしている不幸な被害者は、ヘンリー氏ではない」

シャーリーの言葉はすぐ真実だと実証された。十分ほど経ったころ、ヘンリー・バスカヴィル本人が帰宅したからである。

「ああ、ヘンリー、ヘンリー。お帰りなさい‼　無事でよかった」

おいおい泣きながら抱きついてきたキャロルを、枯れ木のように細いヘンリー氏は抱き留めそこね、二人して勢いよくすっ転んでいた。

「いったいなんの騒ぎなんだい、キャロル。なんだかお客が増えているみたいだけど。おや、彼女はたしか……」

「おかえりなさい。彼女は私の同居人のシャーリー・ホームズです。私たちを心配して、ロンドンから駆けつけてくれたんです」

一度221bでシャーリーに会ったことのあるヘンリー氏は、あのときカウチで人形と化していたシャーリーのことをおぼろげにだが覚えていてくれた。

「それはそれは。遠いところをご足労でした。……にしても、まったく災難な一日だった。まさか電話を盗まれるとはね！」

彼は素早くコートを脱いで、昔は身支度用だったのだろう、いまは完全にフックの付いたただのシェルフと化している家具にひっかけ、キャロルの肩を抱いて暖炉のそばにやってきた。

「どうしても足がないと不便だからね。いつまでもバリモアさんに送迎してもらうわけにもいかない。それで、手頃な車を買おうと思ったんだ。キャロルは特に車にこだわりはないと言っていたから、付き合わせるのも悪いとひとりで出かけたんだよ」

たしかに、今日ヘンリー氏は、私が一階へ降りた朝の十時頃にはすでに館にいなかった。キャロルは、彼はアルスター市へ車を見に行くからと、私をピクニックに誘ってきたのだ。

「何軒か店を回って、いいジープを見つけて彼女に連絡しようと思ったらポケットに電話がないことに気づいてね」

　夢中になって車を見ていたから、いつ落としたのか、それとも盗まれたのか、その時点ではわからないまま、とにかくクレジット機能を止めて、それから警察に行ったらしい。

「そのモバイルがグリンペンの大底なし沼にあるだって!?　ついさっき盗まれたのに、なんだってそんなところに!?」

　ヘンリーは驚いて目を丸くしたが、盗まれた電話がそこにある理由はただひとつしかない気がする。

「つまり、キャロル。君が、いや君たちが聞いた悲鳴の主が、街で僕のモバイルを盗んだのか」

「ってことになりますね」

　しかし、わからないな、と彼は唸った。その思いは私も同じだ。犯人はなぜわざわざムーアへやってきて、いま（まったく不幸なことに）沼の底にいるのか――

「いまから自殺しようとする人間がわざわざ電話を盗むとも思えない」

「じゃ、じゃあ、他殺ってこと？　その人は、ヘンリーのモバイルを盗んだあと、ムーアにやってきて、だれかに沼に突き落とされて……」

「よくわからないな」

バリモア氏が、帰宅したばかりのヘンリーのために温かいお茶を淹れて運んできた。そういえば先ほどから夫人の姿が見えない。どこへ行ったのだろう。

ヘンリーがお茶を飲んでいる間、しんとなった部屋に、シャーリーの硬質な声が響いた。

「いまレスキューからアルスター署に連絡が入った。やはり、沼から男性の遺体が発見されたそうだ。これから検死のようだが、まず身元を確認すると」

「遺体……」

あのとき聞こえた悲鳴が、窃盗犯が沼に落ちたときのものなら、あのときまで彼はたしかに生きていたことになる。もっとも人間は三分呼吸ができなかっただけで死に至る軟弱な生き物だから、シャーリーが言った通り悲鳴を聞いてすぐに駆けつけていても助けることは叶わなかっただろう。

そうか、こんなにあっけなく身近で人が死んでいたのか、と思った。しかもこんな田舎の荒れ地のそばで、チャールズ・バスカヴィル氏に続いて二人目である。本当にどこででも人は死ぬものだ。

「興味深いのは、遺体が発見された沼のすぐ近くでバイクが見つかったらしい。それがどうやら半月前にやはりアルスター市内で盗難届が出されていたもので、市警によると二度ほどガススタンドで料金を払わず逃げた男のバイクと酷似しているそうだ。これがもし、沼の遺体の男による犯行なら、この男はたいした金銭を所持していないにもかかわらず、このムーアとアルスター市内を何度か往復していたことになる」

シャーリーの速読ロボットのような推理を聞いて、ほかのメンバーはきょとんとするだけだったが、私はすぐにある存在を思い出した。

「そういえば、最近物騒な噂があったじゃない。ノッティングヒルの殺人鬼がこのあたりにいるって」

キャロルが涙を拭いたハンカチをぎゅっと握りしめた。

「ってことは、その遺体の男が、私たちのウエディングパーティをだいなしにした、例の逃亡犯かもしれないってこと？」

「……そういえば、その逃亡犯のせいでパーティは延期したんだし、ドローンを飛ばしたらどうかって話になったのもそこからだ」

ヘンリーさんは険しい顔をして、ぎゅっとキャロルを自分のほうに引き寄せた。大変良い。新婚っぽいしぐさに、私はキャロルがちゃんと愛されていることを知ってほっとする。

「ついさっき死んだ男がノッティングヒルの殺人鬼かどうかは、そう遠くないうちに情報が入ってくるだろう。朝になって明るくなれば、その男が身を隠していた採掘場跡の横穴も見つかるはずだ」

「えっ、身を隠していた⁉」

私とキャロルは前のめりで驚いた。

「さ、採掘場って、私たち、昼間ちらっと見たよね。見たというか、いたというか」

「ストーンヘンジの近くだったから……」

シャーリーが言っていることが本当なら、すぐ近くに恐ろしい殺人鬼が潜んでいるのも知らないで、私たちはコロネーションサンドを食べ、ストーンヘンジで怪しげな踊りを踊っていたことになる。

はあ、とシャーリーがため息をつく。

「ジョー、君がうかつなことは把握しているつもりだったが、まさかあんな理由でウエディングパーティが中止になったにもかかわらず、外をほっつき歩いているとは。君という人間は、用心とか自重とかいう文字が通常より著しく欠如している。というか、警戒心がないことまるで九〇年代のＷｉｎｄｏｗｓ並みだ。早急にアップデートしろ」

「だって、暇で」

「だろうと思った。だから僕が来たんだ。ジョー、君のことは信頼しているが、捜査手順や行動基準については信用していない」

「うーん。ひどい言われようだなあ」

頭ごなしに罵《ののし》られているにもかかわらず、私は気持ち悪いくらいにへにへと笑ってしまった。

「やっさしい。シャーリー」

「君が愚かで不用心すぎるからだ」

「うんうん。そうだよね。まったく困ったもんだ」

「君のことを言っているんだが」

「わかってるよ。わかってる。シャーリーの気持ちはハート・トゥ・ハートで通じてる」

いつもの決まり文句の、僕には心がない、と言い出しかねないので、私は彼女より先に聞きたかったことを口にした。

「あの悲鳴の男が本当にノッティングヒルの殺人鬼なら、ここにいたほうが都合が良いのもわかる。ロンドンであれだけのことをやって、刑務所を脱走したわけでしょ。ロンドンだけじゃなくて、アルスターを含めた英国中で指名手配されてるはず。街中《まちなか》にいたらすぐに捕まる。でもムーアの元採掘場なら、たしかにほとんど人目にもつかない」

けれど、あんなへんぴなところで生活しようと思ったら、相当の量の食料や生活用品が必要になる。この季節にドアもない洞窟暮らしなんて不自由の極みだ。

「逃亡犯は食料品を手に入れるために、アルスター市に戻った？　だとしても、ちょっとそれはかなり無謀じゃない？　いや、殺人鬼に無謀もなにもないのかもしれないけどさ」

「そう、たしかに無謀だ。だがその必要があったんだ。犯人はどうしてもアルスター市内に行き、そして戻ってくる必要があった」

「どんな理由が？」

「金」

目の前にある椅子を、これは椅子だと告げるようなトーンでシャーリーは言った。

「お金？」

「まず、ノッティングヒルの殺人鬼が半月にもわたってムーアに潜伏できた理由がある。彼はムーアのことをよく知っていた。身を潜めるのに最適な場所があることを熟知していたんだ」

ヘンリー氏とキャロルが気味悪そうに顔を寄せ合った。

「それじゃあまるで、その殺人鬼がこの辺りで育ったみたいじゃないか？」

「でも、ヘンリー。そう考えるといろいろ腑に落ちるわ。なんの土地勘もないところに逃げるのはリスクがありすぎるもの。それに田舎じゃかえって目立つものよ。犯人がわざわざここに来たってことは、知っている人間がいたんだわ」

キャロルがなかなかの名推理を見せる中、私はじっとある人間の顔を見ていた。シャーリーは無駄なことはいっさいしない主義だということを、私は知っている。つまり、いまここでこの話をしているということは、彼女はだれかにこの話を聞かせたいのだ。

ヘンリーとキャロルはこの土地の出身ではない。私とシャーリーも部外者である。となれば、あと残るのは、この土地に何百年も前から住んでいるバリモアという姓をもつ……

「ミスター・バリモア。あなたがたがノッティングヒルの殺人鬼こと、ジム・セルデンに食料を与えていた。そして、今日か明日にでも彼に逃亡資金を渡すつもりだった。そうですね？」

談話室にいる人間の視線がすべて、名指しされた彼に注がれた瞬間だった。

バリモアさんはしばらくの間、なんのリアクションもなしに、たとえるならストーンヘンジの石のようにただ黙ってそこに突っ立っているだけだった。

沈黙に真っ先に焦《じ》れたのは、ついさっきまで死んだのではないかと心配されていたヘンリー氏で、

「バリモアさん、本当なんですか？　僕には、あなたがそんな恐ろしい殺人鬼をかくまっていたなんて、とても思えないんだが」

彼は力なく項垂れ、切り出す言葉をたっぷり三分ほど選んだ後、とうとう口を開いた。

「ホームズさんのおっしゃる通りです。おそらく先ほど沼で上がったという遺体は、義弟のものだと思われます。さきほど妻が、警察に出頭すると出て行きましたから」

「義弟!?」

ということは、ノッティングヒルの殺人鬼＝ジム・セルデンというのは、ローズさんの弟ということなのだろうか。

私たちは詳しい話を彼から聞き出せることを期待したが、その思いもむなしく破られた。その直後アルスター警察が館にやってきて、事情を聞きたいからとバリモアさんを署に連行してしまったからである。

だから、我々はその日の夜はなにも情報を得られず、悶々としながらベッドに入るしかなかった。

しかし、私はといえば、思いがけずシャーリーとムーアで再会できたことに（義弟を亡くしたバリモアさんたちや、恐ろしい事件に巻き込まれかけたヘンリーさんとキャロルに悪いが）、誕生日パーティを控えた子供のようなわくわく感を覚えていた。こうして南部の国立公園にある古いお屋敷に泊まっているなんて、まるで二人で旅行に来たようである。

バスルームでさっぱりしたあとシャーリーの泊まっている部屋へ行くと、彼女はずっと耳たぶに指を当ててなにかをじっと聞いている様子だった。おそらく、続々と入ってくるニュースに耳を傾け、彼女なりの分析を進めているのだろう。

やがて、彼女が耳たぶのピアスから指を離したので、私は話しかけるタイミングを得たとばかりに質問攻めにした。

「やっぱり死んだのは、ノッティングヒルの殺人鬼で間違いないの？」

「ああ、ジム・セルデン。五十五歳。ローズ・バリモアとは歳の離れた姉弟だったようだ。高校までは地元にいてアルスター市内の食品加工会社に就職したが長続きせず、若い頃から職を転々としていた。四十代はほとんどロンドンで暮らし、市内の学校で資料管理の仕事について、住居も与えられる恵まれた環境であったらしい。そして、その職場で例の殺人事件を起こし、拘留中に逃亡した」

「でも、もともとこっちの生まれで育ちなら、警察だってローズさんを張ってたんじゃないの？　逃亡犯が身内を頼ってくることくらい、警察だってわかってたでしょ？」

「ローズ・バリモアの家族は出身こそこのクロニクルだが、彼女がまだ子供の頃一家でプリマスに引っ越している。ジムは母親の再婚相手との子のようだ。もっとも二人の母親はさらに離婚してジムは父方に引き取られたから、どれくらい親密だったのかはローズ本人に聞くしかないだろう」

「プリマスだと、遠いね」

ダートムーアはとにかく広い。ロンドン市よりも広いくらいなのだ。警察も幼少期に生き別れた姉の嫁ぎ先まで律儀にマークしていたかどうか。

その日はいろいろとめまぐるしく、二人して疲れていたので早々におやすみを言って部屋に戻った。


次の朝シャワーを終えてキッチンへ行くと、キャロルが手が痛い痛いと言いながらバゲットを切るのに苦心していた。

「おはよう。ローズさんがいないから食べるものがなくて。さっきクロニクルの集落のベーカリーが開くのを待って買ってきたの。手伝って」

「バリモアさんたちは、まだ警察？」

「それが連絡がつかないの。まあ、事情が事情だから仕方がないわね」

バリモア夫妻が事情を説明しにバスカヴィル館にやってきたのは、その日の昼過ぎだった。二人は、妻と弟は長い間音信不通であったこと。急に館に現れて正直迷惑に思っていたこと。けれど、片方だけでも血が繋がった弟を突き放すことはできず、中途半端にかくまってしまったことなどを何度も詫びながら説明した。

「実は、妻の両親が離婚してクロニクルを去った理由は、妻の父親が窃盗でプリンスタウンの刑務所に入ったことがきっかけでした。彼女はそのことを私に知られたくなかったので話していませんでした。こういう小さな集落ですから、犯罪者の娘であることがわかればいろいろ言われます。義弟は、言うことを聞かなければそのことを私や村の人たちにバラすと妻を脅迫していたようです」

結果、ローズさんは弟がムーアに隠れ住む手助けをせざるをえなくなった。食料の差し入れから生活必需品まで、細々《こまごま》と電話で催促されるので、そのたびにムーアに運んだ。しかし、頻繁にかかってくる電話を奇妙に思ったバリモアさんが問いただし、ムーアにジムが潜んでいることが発覚した。

仰天したバリモアさんはすぐ通報しようとしたが、あることがあって思いとどまった。いわゆる遺産の問題である。

「チャールズ様がわたくしどもに残してくださったお金を受け取れる日まで、あともう少しでした。恥ずかしながらそのお金を元手にして再出発するつもりでしたので、夫婦で話し合って、とにかく時間を稼ぐしかないということになりました」

それからは、夫婦ぐるみでジムの面倒を見たのだという。村人に見つからないかヒヤヒヤしながら食べ物を運び、ついに遺産相続の日を迎えた。金を受け取ったバリモア夫妻は、すぐにでも知らない土地に引っ越したかった。なのに、

「私たちがやってきた、というわけか」

ヘンリーがまるでまずいものを口にしてしまったときのような後悔の見える表情で言った。

一日も早く辞めてクロニクルを出て行きたかったのに、新婚で浮かれたアメリカ人とよそ者のカップルが新しい館の所有者として乗り込んでくるという。彼らに、先代と同じような支援を希望している地元のあらゆる団体や業者、利権者たちは、なんとかヘンリー氏に取り入ろうと必死だ。それでもバリモア夫妻は、立つ鳥跡を濁さずとするために、根気よく新オーナーにつきあった。とにかくウエディングパーティさえ終われば自由だ、それまで我慢すればいい、という思いがあったのだろう。

それに、ヘンリー氏たちの存在はジムという厄介者を抱え込んでいるバリモア夫妻にとって格好の助け船にもなった。ジムが潜んでいる横穴のあたりに人を連れて行く理由ができたのである。ストーンヘンジでバスカヴィル家の伝統行事を執り行わなければならない、ということをジムに告げれば、彼を追い出せると彼らは思った。

「一度は、それでジムも出て行きました。けれど、金がなくなれば戻ってくるからと我々を脅すことも忘れませんでした。それからすぐに、妻に、いまアルスターにいるから金をもってきてほしいと電話をかけてくるようになりました。私たちは、いまはこれだけしかない、と小遣い程度の金を渡しながら、少しでも早くお屋敷を辞めるよう、日を探りました。だんな様がたのウエディングパーティさえ終われば、きれいにこの土地を去ることができる。そうすれば、我々は行方をくらまし、ジムは二度と我々と連絡を取ることはできない」

しかし、バリモア夫妻がさらなる不幸に襲われたことを私は知っている。肝心要のウエディングパーティが、凶悪犯ジム・セルデンがこのあたりに潜伏しているという噂のせいで延期になってしまったのである。

「その噂は、ミスター・バリモア。あなた自身が流したものですか？」

「そうです。自分から通報してしまうといろいろ追及され、うっかり口がすべってしまうことが恐かった。それで、いつもパンを買いに行く村のベーカリーで、妻にそれとなく『怪しい人物がムーアにいるようだ』と話してもらったのです」

「ローラ・ライアンズという女性がやっているベーカリーです。こぢんまりしたカフェもやっているのです。見ての通りなにもない村ですから、仕事を終えた人々がそこへ集まって、コーヒーやクリームティーを楽しみにくるのです」

いわば村の寄り合い場であったそのベーカリー兼カフェで、そんな噂を流そうものなら、あっという間にクロニクル中に知れ渡る。噂好きのライアンズさんが、カフェに来ないような住人たちにも、律儀にメールや手紙で『噂』を伝えたのも効果が高かった。用心深い老人たちによって、すぐに見回り隊が結成された。

「これでジムは二度と、ムーアには来ないと思いました。そのころ、金をもってこいという電話もかかってこなくなったので、もう諦めてほかの場所へ逃げたと思っていたんです」

なのに、なぜか彼は再びムーアへ戻ってきた。そして、沼の底でヘンリー氏のモバイルとともに発見されたのである。

（一番疑わしいのは、どう見ても脅されていたバリモアさんたちだ。でも、二人とも私たちが屋敷に戻ってきたとき玄関に迎えに出てくれた。もし、彼らが沼にジムを突き落とし、車で大急ぎで戻ってきていたとしても、ショートカットできそうな車道はない。走って戻ってくるのも難しい距離だ。バリモアさんたちにはアリバイがある）

自分たちに疑いの目を向けられていることを、彼らも承知しているようで、「警察にはすべて話し、帰してもらいました」と重ねて告げた。

「警察に、ジムが使っていたプリペイド式の携帯電話番号を伝え、調べてもらいました。どうやら期限切れでSIMが使えなくなっていたようです」

「じゃあ、ジム・セルデンがヘンリーのモバイルをスったのは……」

「逃亡するにせよ、彼らに連絡するにせよ、どちらにしても電話はいる。金もだ。真っ先に電話を調達したとしても特に不思議なことじゃない」

たまたまヘンリー氏のモバイルを盗んだジムが、バリモア夫妻から最後の金をせびろうとムーアへ戻ってきて、沼地で足を滑らせて事故死した——と考えるのが妥当なセンだろう。

聞くところによるとバリモア夫妻が先代チャールズ氏から譲り受けた金額は百万ポンドもあった。十年ほど世話をしてきたとはいえ、赤の他人から相続したにしてはなかなかの金額である。

私はずっと気になっていたことを、思い切って彼らにぶつけてみることにした。

「キャロルに届いた脅迫状はあなたたちの仕業ですか？」

わざと世間話でもするような口調で切り出したのは、シャーリーが彼らの表情の変化を捉えるためだ。

「バスカヴィル家に伝わる伝承で、この土地の主である魔犬が怒ってると、不幸が起きる。だからアメリカへ帰れというのは、あれはこの辺りをうろうろされたくない、ジム・セルデンを見つけられたら困るから、あなたたちがついたウソですか？」

あのウエディングパーティがおじゃんになった日に、ドローン事業計画で盛り上がる人々の中で、バリモア夫妻だけが渋い顔をしていたことを私は思い出した。そんな凶悪犯を近くにかくまっているなら、ドローンなんて飛ばされてはたまったものではないはずだ。

しかし、私の推理に反して彼らはきっぱりと首を横に振った。

「その脅迫状はわたしどもではありません」

「本当に？　私には、あなたたちが一番、キャロルたちにここにいてほしくない人物に見えるのですが」

「ええ。それはそうかもしれません。ジムのせいで、だんな様がたに、むやみにこのあたりをうろついて欲しくないと思っていたのはたしかです。けれど、この土地の伝承とは別の話です。先代のチャールズ様が亡くなったことも、凶悪犯ではありますが我々の義弟が死んだことも、不幸で不吉な出来事です。我々は半世紀もここに住んでいますが、こんな立て続けに人が死ぬことはなかった」

「失礼なことを承知で言いますが、義弟さんが亡くなったことも、チャールズ氏が亡くなったことも、あなたたち夫婦にとっては不幸なことばかりではありませんよね？」

凶悪犯の身内が死んで一生脅迫される危険を回避できる、しかも百万ポンドの遺産だ。いくら検死結果が心臓発作による凍死でも、その直後に長年暮らした故郷を捨てて引っ越そうとしているのであれば、警察が彼らを疑いの目で見ても仕方がないのではないか。

バリモア氏は驚くほど早く返答した。

「私たちは、五十年このムーアで暮らしてきました。ここに伝わる伝承について、あなたがたよそからやってきた人と意味も重さも違うことは、ここで口で説明してもわかっていただけるとは思えません。が、少なくともアルスター警察は、私たちがここを去ろうとした意味をあなたがたよりは理解してくれている。それだけで十分です」

おそらく、警察でも同様のことを何度も聞かれ、何度も答えたのだろう。それ以上のことが知りたければ、全部警察に話してあるので彼らに聞いてくれ、そう言って夫妻は居間を去った。

「なんとも不思議な言い分だよね。あとは警察に聞いてくれだなんて」

私はシャーリーとともに屋敷の二階へと続くホール中央の階段をゆっくり上りながら言った。

そこには、バスカヴィル家の代々の当主やその妻、家族の肖像画が壁面を埋めつくさんばかりにして飾られていた。一番古いものは確認できただけでも一一〇〇年代からあり、海軍の軍服を着た男性の大きな肖像、法廷か歴史ドラマでしか見たことのない白いかつら姿のものなど、不思議と男も女も似たような顔ばかりがずらっと時代順に並んでいる。シャーリーはその顔の羅列をいつものように『心がない』無表情で眺めていただけだったが、ふと、暖炉の上に掲げられたハンドキャノンのような猟銃を珍しげに凝視した。

「このあたりは、いまでも普通にみんな散弾銃を持ってうろうろしてるよ。私も持っている人に出会ったもん」

「そうか」

「にしても、この銃はすごいね。大砲かと思っちゃった」

「バスカヴィル家の紋章も興味深い。ハウンドの横顔とマスケット銃があしらわれている」

「あ、それ私も気づいた」

「これだけ長く続く家が途中で断絶せず、現代まで同じ遺伝子が存在を主張していることは希有だ。みなこれだけ似ていれば、ヘンリーはアメリカ人であってもたいして抵抗もなく受け入れられただろう」

その後、シャーリーがもっと家系のことをよく知りたいと言ったので、キャロルとヘンリーさんを誘ってバスカヴィル家の墓所へ行くことにした。私たちの後から、ヘンリーとキャロルもゆっくり付いてくる。屋敷ではヘンリーがロンドンから呼んだデザイナーによってリフォーム工事が始まっており、騒音がひどいのだ。

屋敷近くの小さな丘をゆっくりと登っていると、まるで王族を警備するように、迷彩服のいかにも軍人上がりといった屈強な男たちが五人ばかり、私たちから三十ヤードほど離れて付いてくるのが見えた。

「SPを雇ったからね。なにかあれば彼らが知らせてくれる」

ヘンリーは自信たっぷりにキャロルに言い聞かせた。実に賢明な判断である。

「もっと早くこうすればよかったんだ。気づかなくてごめんよ、キャロル」

「いいのよ、あなたがそばにいてくれるんだもの。その気持ちがうれしいわ」

ラブラブな新婚カップルが結婚願望があるシングルに対してのみ免疫を刺激するハッピー粒子をまき散らし始めたので、私もSPと同じく彼らと距離を取り始めた。

「警察が勾留もせずにバリモアさんたちを帰したってことは、アリバイがしっかりしてるからだよね。少なくともジムを殺したのは彼らではない。となると、やっぱり事故死か」

「結論を出すのは、いまから行く場所の状況次第だ」

シャーリーは暖かそうなカシミヤのロングストールをぐるぐる首に巻かれた姿で振り返った。そうしていると、私はミスター・ハドソンの店〈赤毛組合〉で季節限定で提供される、ガラス製の大きなティーカップの中に、蜂蜜シロップで浅漬けされたフルーツがぎゅうぎゅうに詰まっているゼリーの上にたっぷりホイップされてとぐろを巻いた生クリームを思い出して笑ってしまった。

「笑うな。君が巻いたんだろう」

「だって、首を冷やしたらいけないからね。特にシャーリーは体が弱いし、ここはロンドンじゃないし」

ペニンシュラのカシミヤストールは肌触りもよくて、さすがあのマイキーの衝動買い対象に値する。

「ほら、ちゃんと手袋もして」

「ポケットに突っ込んでいるから問題ない」

「だめだめ手首が冷える」

「いざというときの手袋は持ってる!」

「君の言う手袋はラテックスだろ」

なんて軽口を交わしながら、私たちがやってきたのはクロニクルの集落が南に見渡せる古い墓地だった。

「ここは、バスカヴィル家の墓地?」

「そうらしい」

そばにあった教会は朽ちて屋根はなく、古い石の積み上がった外壁のみが残っている。

英国にはこういう放棄された教会は無数にあって、近世の宗教改革時に取り壊されたカトリックの教会や修道院などが壁だけ残っていたり、都心部だと公園として整備されていたりする。もっともこんなへんぴな場所ではただただ放っておかれるだけで、墓地への入り口の門に刻まれた、セントパトリック教会という名前から、ここがかつてカトリックの教会だったことがわかるのみだ。

「ウエディング客のために牧歌的なチャペルは建っても、こういう教会跡はフォトジェニックスポットとして幸せな新郎新婦写真に見切れて映るだけか」

丘に立つ古い十字架は角が朽ちて少し傾き、まだ地面に埋められたプレート式の墓石のほうが、刻まれた名前が綺麗に読み取れる。

「代々、バスカヴィル家の当主は、アルスター大聖堂に寄進をしてプレートを残しているらしい。だが、遺体はムーアに葬られるのが伝統だそうだ。葬儀はここで行われた」

シャーリーが立った足元の墓石はまだ新しかった。チャールズ・バスカヴィル氏のものだ。先に亡くなった妻の名前も刻んである。

「ここになんの用があったの？」

「いまから、この中をスキャンする」

「スキャン？」

シャーリーが耳たぶに指を当てると、どこからともなく鳥のような影が現れて私たちを驚かせた。ドローンだ。それも二機。

「掘り返すまでもない。すぐわかる」

謎のハイテク飛行体が現れて、ヘンリー氏もキャロルも驚いていたが、シャーリーの報告を受けてその驚きはさらに濃くなった。

「思った通りだ。この下に遺体はない」

ヘンリー氏がぶんぶんと首を振る。

「そ、そんなはずはない。伯父さんの埋葬には立ち会った。検死から戻ってくるまでしばらくあったから、来てほしいと呼ばれたんだ。この目ではっきり見届けたよ」

「〝見た〟」

「そうだ。間違いなく」

「私も一緒に見たわ。この手で土をかけたもの」

「だが事実、中の棺は空っぽだ。疑うならあとで掘り返してみればいい」

シャーリーはその場所にはもう興味がないとばかりに、隣の墓石の前へ行った。それに呼応するようにドローンもまたあとを付いていく。二機のドローンにはカートとライトという名前が付いていて、彼女に言わせると『マイキーのお下がりの旧式偵察用ドローン』、通称はストリートボーイというらしい。

（アフガンでもドローンは見たけど、こんなに小型じゃなかった。これで情報部のお古だなんて、ずいぶん技術が進んでいるんだなあ）

「ふうん。興味深いな」

シャーリーがドローンをお供に連れて墓地中を歩き回るのを、私たちはただただ見守っているしかなかった。しばらくもしないうちに墓地をほとんどスキャンし終わったらしいシャーリーが私たちの元に戻ってきた。

「で、なにかわかった？」

「僕の推理通りだ」

「もったいぶらずに教えてよ。何百年分のバスカヴィル家の墓地を暴いて、なにがわかったって？」

「遺体がひとつもない」

私たちはいちように顔をしかめる以外の表情を持てなかった。あるいは丘を越えてやってくる強い風のいたずらでそう聞こえたとしか思えない。

「どういうこと？」

「言ったそのままだ。この墓地の、少なくともバスカヴィル家を継いだと思われる男性の墓の中に遺体らしきあとがない。たとえ百年経っていようと棺ごと埋葬されれば骨の一部は残っていることが多いのは君も知っての通りだ。百パーセント完全に消えてなくなるなんてことはない。だが、少なくとも十代前までの当主の墓の下の棺は空っぽだ。たとえばこれなんかはサー・ウィリアム・バスカヴィルとある。海軍少将。幸運なことにロドニー提督の部下で海の藻屑とならず、この地で余生を送ったようだ。なのにこの下にはだれもいない。先月亡くなったはずのチャールズ・バスカヴィル氏も例外ではない。いない。このドローンは地表面近くの地雷だけではなく、地中五メートル程度の深さなら不発弾も遺体も発見することができる。土砂や建物で埋まった被災地の捜索でも実際活躍してきた。その優秀な彼らが、さっきからそれらしきもの——すなわち人間の頭蓋骨や大腿骨を発見できないという信号を送ってくる」

「じゃあ、チャールズさんの遺体はここに埋葬されたあと、だれかによって盗まれたってこと？」

「そういうことになる」

なんのために？　と私たちは顔を見合わせた。すでに死んだ男の遺体に用があるなんて、それがどんな用だとしても尋常ではない。

「チャールズ伯父さんがもしだれかに殺されたとして、それを隠すためとか」

「でも、警察で検死はしたんでしょう？　だったらいまさら無意味じゃない？　遺体を盗むなんて」

「そうだね。でも、ホームズさんのおっしゃることが本当なら、これは突発的なことではなく、この土地で代々行われてきたことになる。それこそ、儀式めいた……」

「うーん、そうね。ここにはストーンヘンジもあるしねえ」

あ、とキャロルがなにかを思い出したようにピンと背筋を伸ばし、

「そういえば、ヘンリー、あなた、このあいだ、バリモアさんにストーンヘンジのあたりに連れて行かれてなかった？　たしか、継承の儀式とかいって」

「ああ」

ヘンリー氏が頷く。私もキャロルからその話を聞いた覚えがあった。

「だけど、なんてことはない。ストーンヘンジまで連れて行かれただけだよ。ここから魔犬が出てくるとか、ムーアを守っている精霊だとか、そのせいでバスカヴィル家の当主は黒い犬を飼う習わしがあるとか、そういう他愛もないことばかりだった」

「あら、そうなの」

「ここは歴史がある場所だから案内したが、沼地があって危ないので二度と近寄らないほうがいいとも言われたな。ストーンヘンジも、倒れてきたら危ないとかで」

私の中で、『アウトランダー』のテーマが自動再生された。その倒れてきたら危ない石の柱に向かって何度も体当たりしていたキャロルは、経緯をすっ飛ばして、意外と丈夫だったわよ、と結論のみを夫に伝えた。

(墓地はあるが、遺体はない。しかも何百年も。これは、ミステリだなあ)

何百年も続く貴族の館、丘に建つ、朽ちてうち捨てられて壁だけになった教会と古い墓地、そしていわくありげな魔犬の伝承、ストーンヘンジ。さらに消えた死にたての当主の遺体と、事件としてなかなか盛り上がってきたように思う。

(そもそも遺体がないのはなんでなんだ? だれかが、どこかへ運んだのは確実だ。だとしたらどうやって? なぜ、なんのために?)

墓地を離れてしばらく沼のほうへ歩くと、日が差してきて広大なムーアの平原が隅々まで見渡せる天気になった。こんもりとした丘というには大げさな程度の盛り上がった土地を越えていく。ドローンは大きく旋回し、いつのまにかいなくなっていた。

「あっ、ステープルトンさんたちだ」

シャーリーが目をすがめた。

「だれだ」

「ほら、私がこの前話した……」

「植物学者の人たちですよ。いや昆虫だったかな。いつも虫取り網を持ってこのへんをうろうろしているので遠目でもわかります」

「お姉さんは普通だけど、弟さんがすっごくイケメンなのよ。このあたりの女の子たちにモテモテで、ランチの時間は差し入れ合戦になってるわ。今日はまだそうでもないけど」

この先の別の集落に住む姉弟について、キャロルが一番俗っぽくてなおかつ的確な解説をした。

彼らは先日見かけたときと同じ、姉のほうは長靴に虫取り網に、昨今ロンドンでファッションアイコンと呼ばれるタレントたちがバッグをそうするように、虫かごを斜めがけにして熱心に地面（おそらくはそこに生えていた草）の写真を撮っていた。弟はというと姉から少し離れたところで、こちらをちらっと見たきり、あとは我関せずとばかりにタブレットを見ている。

「あの姉弟はいつもそうだよ。お姉さんは学者らしくてずっと沼のほうにいるけれど、弟はたんなる手伝いというか荷物運びのようなものみたい。よくゲームして暇をつぶしてる」

私たちが歩いてくるのが見えたのか、弟はふいに顔を上げると、なにか言った。私たちに言っているふうではない。近づくにつれて、彼の耳に無線のイヤホンが見えたので、姉のマージに連絡をしていたのだろう。ほどなく、マージが沼の向こうから現れた。

「こんにちは。サー・ヘンリー。キャロルさん。よいお天気になってよかったですね」

「やあ、ステープルトン博士」

「ああ、こちらは新しいお客様ですか？　どうもはじめまして、ステープルトンです」

姉のマージはシャーリーを認めて手を差し出そうとし、慌てて作業用の分厚い手袋を脱いだ。

「失礼。泥まみれですが、これも学者の仕事のうちでして」

「わかります。たとえただの土に見えていても、そこに灰が混ざっていることだってある。そこにはないはずのものがあったり、そこにあるはずのものがなかったりするのは事件だ」

シャーリーの言い回しを奇妙に感じたのか、マージはちょっと驚いたような顔をした。けれどすぐに笑顔に戻り、

「私たちはここにきてまだ二年ですが、ムーアほど偉大な土地をほかに知らない。引っ越してきてからは毎日夢中になって歩き回りました。この土地にどれほどすばらしい秘密が隠されているか、あなたたちには想像つかないでしょう。ですが私のような学者にとってはまさに恵みの大地なのです」

ヘンリーが土が黒い一帯を指さして、

「さっき熱心に見ておいでだったのは？」

「ああ、このあたりはいまの時期、牧草を刈り取ってあらたに土を掘り起こすんです。そうすると、土の中に潜っていた虫が出てくる。さっきも、私がここに来てから研究しているキュクロピデスの新種に似た個体を見つけたのですが、すぐに土に戻ってしまったようです。この辺りは珍しい地形のせいか、見たことのない昆虫や生物が豊富で、歩いているだけでも飽きませんね」

「昨日もこうして、採集活動に出ていらっしゃった？」

「いえ、昨日は午前中にちょっと顔を出しただけで、あとはメリピットにあるコテージでこの夏捕まえた鱗翅類《りんしるい》の標本を作っていました」

「専門範囲が広くていらっしゃる」

「いえいえ、花を専門にしていると、どうしても昆虫に詳しくなってしまいまして。生きているものばかりではなく、樹液や花崗岩の化石が採れる場所を巡ることがある。何千年も前に生きていてもう絶滅した虫や花が見つかることもあるんです。だからムーアではいつも子供のように夢中になっていますね。ジャックが見張っていないと、私はもうとっくにあの沼地に沈んでいたでしょう」

「では、昨日例の悲鳴についてお聞きになっていない？」

さりげなく、シャーリーが話題を事件のほうに誘導した。

「……ああ、聞きました。警察がうちの家にも回ってきましたから。例の、ロンドンから逃げてきた殺人鬼のことですよね」

マージは脱いだ手袋にまた手を通しながら言った。

「見つかってよかったというべきか、不運だったというべきか。我々もその噂を聞いて、少しの間このあたりをうろつくのはやめようと言っていたところでした。しかし、このグリンペンの大底なし沼に落ちたということは、この土地に住む精霊が守ってくれたのかもしれません」

私が心底驚いたという顔をしてしまったからか、マージは苦笑いをした。

「あれ、変ですか？　それとも、精霊なんて子供かファンタジー映画みたいだって？」

「いや、そうではなく。あなたのような科学者でも、オカルトを否定したりはしないんですねえ」

科学者でもファンタジー論者はいるし信仰心と学問とは別問題だ、とはわかっていても、私自身がそうではないのでつい驚いてしまった。

「我々の知識や現代技術をもってしても明確な科学的根拠を得られない事象は数多くあり

ます。たとえば、この土地でいう魔犬伝説ですが」

「この土地で悪さをしたものが、魔犬に食い殺される、ですっけ？」

「そうです。そんな感じの。ああいう土地土地の伝承には必ず意味がある。決して馬鹿にはできません。警察の話によると、殺人鬼がストーンヘンジ近くの沼で死亡した時刻に、巨大な犬を見かけた人がいたようなのです」

思わず私とキャロルは視線を合わせてしまった。彼女が言っているのは、私とキャロルのことだ。警察には話したから、彼らがほかに目撃談がないか聞き込みをしたのだろう。

「その魔犬は、伝承通り目が火のように燃えていたとか。先代のサー・チャールズが亡くなったときも、魔犬を見たという人がいたらしいですし。それで驚いて心臓発作を起こされた、という話も」

「うーん、でもそれは、そばに犬の足跡があっただけでは？　魔犬の姿を見たという話は聞きませんでしたが」

「そうでしたっけ。いや、そうかもしれません。私も弟が聞いた噂を又聞きしただけですから。なんとも痛ましいことです」

チャールズがヒューゴーを散歩に連れて行ったことで、尾ひれがついてそんな大事《おおごと》になっているようだ。噂って恐い。

私はちらっとシャーリーを見た。マージからなにか聞き出したい情報があるならいましかない。

「あなたは、いまはアルスター大学に籍をおいておられるようですが、以前は」

「ロンドンにいました。ボーディングスクールで教えていたんです。こういう仕事ですから海外にも行ったり来たりでね」

「ロンドンのような大都会と比べたら、ここはパンひとつ買うのにも苦労する田舎だ。不自由はない？」

「いえいえ、なれっこですよ。遺跡なんてたいてい田舎にしかない。それにライアンズさんの店のパンはおいしいんですよ。さすがデヴォンだ。バターがおいしければたいていのものはおいしい」

「それは真理だ」

うんうん、と私は頷いた。いくら中毒性が周知されるようになったとはいえ、こんなにおいしいバターを手軽に手に入れることができるデヴォンの人々は、はたしてグルテンを捨てられるのだろうか。私なら無理。

ふと、シャーリーがじいっと私を見ていることに気づいた。彼女があああいう顔をするときは、もっと突っ込んで聞け、というサインなのである。有能な探偵の助手を自任している私としては、相方の要望に応える義務があった。

「えーっと、ライアンズさんとは仲良くされているんですね」

「というと？」

「いやあ、なんというか、えーっと。昨日、みなさんで食事会をされていたと、バリモアさんから聞いたので」

「ああ、バリモアさんが引っ越されるというので、お別れ会だったんです」

シャーリーがさりげなく会話に加わってくる。

「ライアンズさん親子と、あなたがたと、バリモア夫妻で」

「そうです、我々はあそこのサンドイッチがないととたんに飢えてしまう。二人とも料理はろくにできないんですよ」

「ライアンズさんのベーカリーは、たしかカフェもやっていたはずですね」

「ええ。もしよければそこのクリームティーを体験してみてください。滞在が長くなるようなら、予約をすれば毎日焼きたてのパンを朝七時に手に入れられますよ。ここらへんの住人はみんなあそこのパンがないと朝食をくいっぱぐれるんです」

あたりさわりのないパンの話題で会話は終了し、私たちはステープルトン姉弟と別れた。

別れ際に、シャーリーがふいをつくように、ひとつの質問を彼女に投げかけたのが印象的だった。

「ああ、ミス・ステープルトン。最後にひとつ。この地に詳しいあなたに聞きたいことが」

「なんでしょう」

「魔犬がらみでもなんでもいいが、当主が交代したあとにする儀式について、聞いたことはありませんか?」

彼女は特に表情を変えることなく、

「儀式? いいえ」

「……なら、結構です」

マージさんはその後もずっと地面を見ながらうろうろしたり、沼の向こうの島へ虫を捕まえに行ったりする予定だと言った。弟のジャックはその後数時間はムーアで女の子たち相手に話し込んだり、ぼうっと音楽を聴いているようだった。

「ねえ、ヘンリー。バリモアさんたちがいなくなるなら、私たちもパンを予約しないとだめよね」

今まで、ほぼ私たちのやりとりをそばで聞いていただけだったキャロルが、体が冷えたので、くだんのカフェに寄りたいと言い出した。ヘンリー氏がロンドンから呼んだ業者はまだ館で工事をしているのでうるさいし、戻りたくないらしい。

〈ライアンズベーカリー〉は、飴色のレンガ倉庫を改築した建物で、はきはきしゃべる四十代の女性が偏屈そうな父親と二人でやっているこぢんまりした店だった。意外なことにサイトの星は3・5以上ついていて、だいたいの感想が『期待していなかったがわりとおいしい』という率直な驚きに満ちていた。その感想には大いに同意する。

「毎朝のパンを予約したい？　ええいいですよ。バリモアさんたち、引っ越しされるみたいですもんね。好きなパンを選んでくれたら、風邪で寝込まない限り七時きっかりには用意できますよ」

若い頃は親元を離れ、有名なベーカリーで修業をしたらしい彼女は、おすすめはフランスパンで、歯に自信がなくても大丈夫な程度の堅さであること。クロワッサンももちろんおいしいが、カロリーに気をつけてと言い添えた。週末は休むので、まとめて金曜日に取りにきてほしいという。

時刻はちょうど三時をすぎたあたりで、カウンターの上には、名札のついたレジ袋がずらりと並んでいた。

〈ライアンズベーカリー〉からの帰り道、私はヘンリーが雇ったSPが私たちより先に道を降りていくあとをゆっくりと付いていきながら言った。

「シャーリー、そろそろここへ来た理由を教えて」

クリームティーの威力ですっかり幸福指数が天元突破していた私は、次に探究心を満たすことにしたのだった。

「その前に、君がいまその話題を切り出した理由が知りたい、ジョー」

「ええ、そんなの簡単だよ。シャーリーは自分のことをロンドンの治安維持システムだと思ってるから」

彼女がよくわからない、という風に軽く頭を振ったので、

「これは、同一犯による連続殺人事件だよね」

私はきっぱり言い切った。

「事件でなければ、君がわざわざクリームティーを楽しむためだけにこんなところに来るはずがない。ジム・セルデンが死んだのは君がこちらに到着したあとでしょ。ということは、君は少なくともチャールズ氏の死因になんらかの事件性があると確信をもって、ここへ来たはずだ」

「悪くない。続けて」

ボーディングスクールに悪ガキを放り込むために雇われた凄腕の家庭教師のような口調で彼女はにやっと笑った。

「チャールズ氏の死因が心臓発作による凍死でないとしたら、なにか。私もずっと考えていたんだけど、状況証拠は確定している。散歩に連れて行った犬と、本人だ。ヒューゴーが狂犬病で、チャールズ氏が嚙まれたわけでも、私自身が本人を解剖したわけでも遺体をすみずみまで見たわけでもないから、警察が発表したデータだけでは私もお手上げ。だけど、もう遺体がないとなると話は違ってくる」

「ほう、どう違う？」

「遺体が盗まれたのは、あとになって再解剖されるのを犯人が恐れたからだ」

「それで？」

「なぜ遺体が再解剖されては困るのか？　となると理由はひとつ。チャールズ氏の死因は心臓発作による凍死、に見せかけた他殺であるという結果が出てしまうから。だから犯人は死体を早々に始末してしまうことにした。犯人は、バスカヴィル家の当主の遺体が代々〝なくなる〟ことを知っていた。伝統行事として遺体を〝どこかにやる〟ことを知っていた犯人は、それを利用してチャールズ氏を自然死に見せかけて殺害した。逆を言えば、最初さえ切り抜ければ遺体の再解剖は二度とできないことを知っていたからこそ、殺害を思い立った」

「どんなふうに？」

「毒物を摂取することによって心筋梗塞を起こすことは可能だよ。知ってると思うけど」

自分でもそら恐ろしいことを口にしていることはわかっていた。すぐ後ろではキャロルと、チャールズ氏の親族であるヘンリー氏が聞いているのだ。

「でもシャーリーのことだから、私よりもっとたしかななにかを摑んでいるんでしょ？」

「もちろん」

「で、思った通りだった」

まんざらでもないという顔で彼女が笑ったので、私は釣られてうれしくなった。どんな理由であってもシャーリーの笑顔は美しくて、私を〈テスコ〉で買うワインより手軽に幸福にする。

「早く教えてよ」

「その前に」

彼女はようやく、この土地の主のほうへ視線を向けた。

「この事件の真の解決のためには、バスカヴィルの名を持つあなたがたの協力が不可欠だ」

ヘンリー氏はキャロルを見たあと、深く頷いた。

「人が二人も死んでいるんだ。用心するだけでは十分ではないだろう。私たちもできる限り安全に過ごしたいと願っている」

「どうすればいいの？　ホームズさん」

「僕を無条件に信頼して、こちらの言う通りに動いてほしい。そして、このデヴォン中の人にこう伝えるといいだろう。――私たちは、バスカヴィル家の人間として、歴史あるアルスター大聖堂で結婚式をあげる、と」

この提案に戸惑ったのは私だけではなかった。

「し、しかしホームズさん。あまりにも急では」

「先ほど申し上げたはず。敵は死体さえ盗み出す相手です。先手をとらねば、敵をゆさぶることも、またあぶり出すこともできない」

言いながら、彼女は耳たぶの大きなフェイクパールのピアスに指を当てた。

「ジョー、僕はいまからロンドンに帰る。君はここに残ってくれ」

「えっ、帰るの、シャーリー!?」

「のっぴきならない事情があるんだ。すぐに戻る。サー・ヘンリー。あなたがたはすぐにアルスター新聞に電話して、結婚式の予告を出してください。それから大聖堂にたっぷり寄進をして、できるだけ早く結婚式を執り行えるよう準備する。ジョー。君はキャロルと招待状を出すのを手伝ってくれ。その際、バリモア夫妻に送るのを忘れないように。流れてしまったウエディングパーティのかわりの結婚式だから、必ず来てほしいと念を押すんだ。いいね。そうすれば、ジム・セルデンの件は不問に付すと」

「わかった。バリモアさんたちが、結婚式までデヴォンを離れないようにするんだね」

彼らとて、バスカヴィル家の遺産をもらっておいて、次期当主の結婚式に出ないわけにはいかないだろう。もちろん、クロニクルやムーア中のバスカヴィル家の支援続行を望むものたちとて、晴れの舞台を無視するわけにはいかない。

「ウエディングパーティのときに使った招待客リストをそのまま使えばすぐにできるわ」

「でも、結婚式でみんなを大聖堂に集めて、いったいなにをするつもりなの？」

「もちろん、犯人をあぶり出す。サー・チャールズを殺し、ジム・セルデンをも手にかけた真犯人と、バスカヴィル家の魔犬の正体を暴くには、まだ証拠が足りない。これから僕はロンドンに戻り、数日後、その証拠を二つ持ち帰るつもりだ。それさえ僕の思っている通りならば、僕は一連の脅迫状や殺人事件だけではなく、あのストーンヘンジの謎さえ解明できる」

ストーンヘンジと聞いて、またもや私の中で『アウトランダー』のテーマ曲が再生された。今度はキャロルの声で。

そういえば、あのとき成り行きで撮った動画をシャーリーに送ったことを思い出した。

あれをアルスター近郊で受け取ったシャーリーは、愚かな我々の行為に心底呆れ、かつ心配してムーアへ駆けつけた。そして、巡回中のアルスター警察から馬を奪い、ストーンヘンジまで来てくれたのだ。

まったく、ばかな動画でもノリで撮っておくものである。私はシャーリーがあの動画から今回の一連の事件の犯人を知り得たことに、そしてそれが事件を解明する動かぬ証拠のひとつとなったことに、そのときはまだまったく気づかないでいたのだった。

歴史と権威あるアルスター大聖堂で結婚式を行い、関係者をすべて一堂に会させてしまおうというシャーリリーの大胆な作戦は、早く犯人を捕まえて安心したいヘンリーと、とにかくすてきなロケーションでドレスを着てもやもやをふっきりたいキャロル、中止になったウエディングパーティでヘンリーと親しくなりたいと切望していた多くの彼支援者たち、そして多額の寄進を受けたアルスター大聖堂の協力もあって、驚くほどのスピードで実現した。

私がシャーリリー・ホームズと出会い、彼女が手がけるさまざまな事件に助手としてつきあううちにわかってきたことがある。彼女の悪い癖というか、勝手に私がやきもきしてしまうのが悪いのだけれど、決定的になるまで己の考えや推理を漏らさないことだ。彼女が人前で自分の意見を述べるのは、だれかに聞かせることによって、得たい情報があるときだけであり、私はいつも彼女が目指している道の果てを、クライマックスを迎えてから知ることになる。

特にこの『バスカヴィル家の狗』事件は、身内が巻き込まれ、二人の死者を出しているにもかかわらず、大聖堂での結婚式が始まるまで、私はシャーリーがなんのために、この催しをキャロルたちにねじ込ませたのか、十分な説明を受けていなかった。

そもそも、サー・チャールズ・バスカヴィル、ジム・セルデンの二人の死者が本当に他殺であるかどうかすら明確な根拠はない。それに、気になることはほかにもあった。代々伝わる魔犬の伝承、精霊が行き来するというストーンヘンジ、私たちがそこで見た馬ほどの大きさのある犬と鬼火の正体……。ダートムーアに来てから不思議なことにいとまがない。

「それらの謎をすべて解くために、僕はいったんロンドンへ戻る」

シャーリーが、いまになってわざわざデヴォンを離れたのは、アルスター警察がどうやら犯人に買収されている可能性があるからだった。

「こちらから罠を仕掛けなければ。真犯人には地の利も人の利もある。さらにアルスター警察はまったくあてにできない」

と、彼女は私たちに向かってきっぱりと言い切った。

「警察もあやしいって？」

「実は、僕がこの土地に着いて真っ先に確認したのは、サー・チャールズ・バスカヴィルの生活習慣についてだった。彼はもう五十年来の愛煙家だった。屋敷にはいたるところに灰皿があり、毎月けっこうな量のタバコを村のＬ・Ｌの店で購入していたらしい。心臓が悪く、医師から止めるよう勧められていたが止められなかったと医療記録にはある。そんな人間が、夜に犬の散歩に出かける際、紫煙を携えずに行くだろうか。いや、彼は必ずタバコをふかしながらヒューゴーを歩かせたはずだ。なのに、遺体発見現場には火が付けられたタバコは転がっていなかった。あっても問題ないものがない場合、それは問題があると捉えるのが自然だ」

「そうか、タバコに毒が仕込まれていたんだ！　そして、それを隠滅した人間がいる」

ヘンリー氏は先ほど部屋を去ったバリモアさんを目で追うようにドアを見た。

「やっぱり、バリモアさんが……」

「でも、彼には完璧なアリバイがあると警察も言っていたでしょ。それもウソなの？」

「いいや、アルスター警察全員を買収することは彼らの懐具合では不可能だ。買収されていたのは検死官だけだと思っていいだろう」

チャールズ氏の死亡時、バリモア夫妻は家にいた。夫妻は夕食を届けたあとはいっさい外出していない。メリピットに住む植物学者のステープルトン姉弟、近所でベーカリーを営むライアンズさんを招いての夕食会だったからである。夫妻はライアンズさんのベーカリーから毎日パンを購入しており、そのうち半分はチャールズ氏へ提供する食事のぶんだった。

食事会にはライアンズさんの年老いた父親も途中から同席していた。そうなると六人ぐるみでの口裏工作になる。まったく考えられないわけではないが、ライアンズ家はチャールズ氏の死亡によって特に得るものがない。果たしてバリモア夫妻がそこまでして巻き込むだろうか。

（実際、殺人犯の弟に脅迫されて困っていた時期だ。バリモア夫妻とステープルトン姉弟、ライアンズさんがどれくらい仲が良いかは知らないけれど、下手を打てばまた脅迫される恐れがあるのに、わざわざアリバイのために口裏工作を頼むだろうか。いや、ない）

となると、チャールズ氏が勝手に毒物を摂取し、勝手に死んでくれるようにするのがいちばんである。彼の生活習慣をよく知るバリモア夫妻なら、タバコに毒物を仕込み、それを彼が自分たちのアリバイがきっちり確認できる時間に、ムーアの果てで吸うようコントロールすることも可能だろう。

「毒物が仕込んであったタバコの吸い殻なら、見つかってもらっては困るはず。第一発見者は朝作業していた隣の農場主だけれど、彼は警察に通報したあとすぐバリモア氏を呼んだ。そのときにバリモア氏が吸い殻を回収していれば、警察も毒殺を疑わない」

「なるほど！」

そういうわけで、シャーリーがロンドンへ戻ったあと、私とキャロルは結婚式の準備をしながら、ひたすら二人が殺されたいきさつについて推理をした。犯人はやはりバリモア夫妻が疑わしい。チャールズ氏に遺産を分け与えると言われ、一刻も早く欲しかったので殺した……セルデンからは犯罪者の娘であることをばらすと脅迫され、チャールズ氏の遺産のことを嗅ぎつけられ、さらに分け前を求められたので殺した……とすると彼らに動機は成り立つ。

さらに、遺産を使い検死官を買収し、毒殺の痕跡をもみ消した。もみ消しまではせずとも、病死で片付け詳しい検死はしなかった、とするくらいなら、彼らに特別疑いの目が向けられることもないだろう。チャールズ氏の葬儀を取り仕切り、その後遺体をどこかへやってしまいさえすれば、あとからどのような疑惑がもちあがっても、彼らの殺人を立証することはできない。

（あまで言い切ったんだから、シャーリーはロンドンで証拠を揃えてきてくれるはず。

きっと結婚式の場ですばらしい推理をみんなに聞かせて、万人の前で犯人を追い詰め自白させるつもりなんだ！）

職場に、さらに三日の休みをもらえるよう電話をかけたときはさすがにクビになるかもしれないと我にかえったが、それでもなお私はここにとどまった。ダートムーアに来てからいままでずっと私は、非現実感の上をふわふわ漂っている雲のようだった。次から次へと起こる事件と、ロンドンにはない広い空間が私の感覚を狂わせていたのだと思う。

いや、ずっと続いている。ロンドンオリンピックが終わった夏、バーツのモルグで彼女に出会ったときから、私はすこしずつ失ったものを取り戻しているような気がしていた。喪失感の補完ではない、寂しさを埋めているのでもない、一番近い言葉は「輸血」。必要なものを失いすぎて死にかけていた私に、彼女という存在が自分を少しずつ与えてくれたことがなによりうれしかった。

私はシャーリーと同じモノになりたかったのかもしれない。同じモノを食べ、同じ空気を吸い、同じ空間で過ごして、彼女と似た私になろうとした。私が生きるためにずっとそうしてきたように。環境に擬態し人を模する。そうしてできるだけ楽に、同化するのだ。同じだと認識してもらえれば、私は攻撃されずしばらくはそこで生きていられる。

ロンドンに出てきたときも、アフガンに出征したときも、攫われて強制的にキャラバンに加えられたときも、……いや、もっともっと前に、だれだかわからない、あるいは知らない男に殴られながら「楽しい！」「うれしい！」と笑いながら叫ばされ、途中から動かなくなった妹や弟たちと並んで眠った日々から、私は静かで安全な存在と同じモノになるフリがとてもうまかったのだ。

シャーリーとともにこの事件を解決し、キャロルを助けることで私は最高の日々を延命できると信じていた。この冒険は、きっとすばらしい読み物になるだろう。私たちの行動やすてきな叔母の結婚式や、シャーリーの華麗なる推理ショーをwebストランド誌で読んだ人々が、「楽しい！」「うれしい！」と笑顔になることを思うと、早く私はこの事件の結末を知りたくてたまらなくなった。

ヘンリーとキャロルの結婚式は、アルスターをはじめとしたデヴォンの新聞にも大きく予告されることになった。式を前にして、何社もの取材の申し込みがキャロルとヘンリーにあり、私はまるで彼らのマネージャーのようにマスコミとやりとりし、スケジュールを調整した。すると驚いたことにその日の夕方には、〝リバプールの平凡な独身女性に訪れた幸運と称号〟という大きな見出しで一足先にインターネットのニュースマガジンに彼女のプロフィールが詳しく掲載されていた。

そして式の当日、平日だったにもかかわらず、会場である大聖堂はアルスター市内外からの多くの来賓であふれかえった。私はキャロルとともに急いで買いに走ったMANGOのベージュのドレスを着て、生涯何度目かになるブライズメイド役に徹することになった。

式が始まるわずか三十分前にロンドンからシャーリーが到着し、私はヘアアイロンを片手に大急ぎで彼女の着替えを手伝った。

私とおそろいのドレスを着て髪をアップにした彼女は、参列客が振り返るほど美しく、私は雪のように肌が白く、黒檀のように真っ黒で豊かな髪と、血のように真っ赤な唇にルークのライトセイバー色の瞳を持つ美しい友人を、そのつど誇らしげに眺めた。

「なぜずっと笑っているんだ、ジョー」

「ふふふふふ、だってねえ、こうしてみると私たち二人の結婚式みたいだ、と思って」

そのときのシャーリーの表情を正確に表現するのは難しい。彼女は一瞬なにを言われているのかわからない、とぼんやりしたが、私の言った言葉の意味を把握したのか、急に酸欠の魚のように口をぱくぱくさせて口で息を始めた。

「どしたのシャーリー。まさか心臓が痛い？」

「そうじゃない。……びっくりしただけだ」

長いまつげを忙しげに震わせて、目尻までローズ色に染まった彼女は、221bのカウチの上で死んだ魚のように横たわっているときより何倍も魅力的だった。

式は滞りなく進んだ、ように思う。現地のコーディネーターがテキパキ動いてくれたおかげもあったが、ヘンリーとキャロルは大勢のアルスターの、デヴォンの人々に祝福され、神前で誓いのキスを交わした。招待客の中には、バリモア夫妻もステープルトン姉弟も、パン屋のライアンズさんらしき女性もたしかにいたように思う。

〝ように思う〟などとあいまいなことしか言えないのには理由があった。

実は、私にはまるっとその後の記憶がないのだ。ブライズメイドとしての役目を終え、招待客がみなアフターパーティの行われるアルバートホールへ移動するのを見送った覚えはある。その後、シャーリーと手を繋いで大聖堂の控え室に戻ってきて、キャロルにお礼を言われたあとの記憶がない。

「で、ここどこ⁉」

気がつくと、私は冷たく、つんとかびのような臭いが立ちこめる真っ暗な空間に横たわっていたのであった。

「えっ、なんで⁉」

ついさっきまで、幸福の象徴である純白と日の光に包まれていたはずなのに、次に目を開けてみたら、まるで真夜中に目を覚ましたときのように暗い。しかも変な臭いがする。

水たまりの水が腐ったときのような、人間なら一度は嗅いだことのある臭いだ。それに顔がひどく寒い。寒さでピリピリする。

「さっむ。これ、どうなってんの……」

辺りを見渡そうにもどちらを見ても真っ暗だ。ただ、声が響くこと、すぐそばを水が流れていることはわかった。直感で、ここは地下なのではないかと思った。問題はなぜ、自分がそんなところに寝かされているかということだ。

ふいに光が差し込んで、私の顔が懐中電灯で照らされた。あまりのまぶしさに目がくらむ。

「わっ」

「起きたのか、ジョー。いまからそっちに行くから動くな」

「シャーリー!?」

思いがけない親友の声に、ぴりぴり尖っていた警戒心が少し和らいだ。シャーリーがいるのなら、太陽の下にいるのと同じだ。

「ここここ、どこ。なんで私こんなところにいるの？」

「静かに。敵に聞こえたらまずい」

敵という単語がいやにリアルで、私は素直に言葉を飲み込んだ。

やがて、明かりがどんどん大きくなって、見慣れた顔が現れた。重たい布を投げつけられてなにかと思えば、手触りからして私のコートのようである。

「た、たすかったー。すっごく寒くて死ぬかと」

乏しい明かりの中でシャーリーを見ると、いつものレギンスパンツにブーツ、ウールのコートスタイルに戻っている。

「なんでシャーリーだけ着替えてるの？」

「こうなる予測はついていた。そのコートも服も明かりも、あらかじめ用意しておいた」

「こうなるって、いったいどうなったわけ。キャロルの結婚式は？」

「いまごろアルバートホールで楽しく食事会が行われているだろう。僕らは体調不良で先にバスカヴィル館に戻ったことになっている」

「え、なんで」

「犯人が、そのように段取りした」

え、なんで？　と聞き取りがうまくいかなかったときのＡＩのように私は返した。

「ジョー、君は式が終わって控え室に戻ったあと、犯人に薬を打たれて意識を失った。その後ここに運ばれ、そしてさっき目覚めた」

「シャーリーはいっしょにいたのに、どうして平気なの？」

「首のうしろの肌の露出部分に注射針を防ぐシートを貼っておいた。犯人が何を使ってくるのかだいたい想像がついていた」

「じゃあ、シャーリーは気を失ったふりをして？」

「そういうことになる。僕らが放り込まれた地下の部屋は、そのままだと水没する。だから君を安全な場所まで移す必要があった」

「えっ、シャーリーが私をここまで運んだの？」

いかにもそんな肉体労働には適していなさそうな細腕をしみじみ見る。

「なんかごめん。重くて」

「君の現在のウエイトについてここで言及する必要性は感じないが、あえて余計な感想を付け加えるなら、僕がいままで持ったもののなかで一番重かった」

「そうだよね。ごめん……。ミスター・ハドソンのパンケーキがおいしすぎてさ」

すべてをデヴォンの乳製品のせいにするには、私は２２１ｂと〈赤毛組合〉に甘やかされすぎたようである。

「まあ、これからだいぶ歩く。それで今朝のモーニングぶんはいくらか消費されるだろう」

シャーリーから懐中電灯を渡された私は、そこが思った通り地下水路であることに気づいた。さっきから声の響き方が、まるで狭いトンネルの中のようだと思っていたのだ。

「ここ、ずいぶん古いね。遺跡の中みたい」

「実際遺跡だ。ローマ時代の水路を一七〇〇年代に拡張したものだ」

ぶうん、と耳の近くでプロペラの回る音がしてなにかが飛んでいった。カートとライトの双子のドローンだ。

「昨日一日この中を飛ばせて、地下水路の正確な地図を作った。それでだいたい、気を失わされた僕らがどこに落とされるのかも予測がついた。犯人は控え室で僕らの意識を奪ったあと、すぐにここへ運んだ。そうして、自分たちは何食わぬ顔でアルバートホールに出かけた」

「とどめも刺さずに？」

「僕らが初めにいた部屋は、アルスター河から水を引き入れて溜めておく地下の貯水池だった。いまもあそこにいたら、君は目覚める前に溺れ死んでいたはずだ」

ジム・セルデンの末路を思い出してぞわっとした。火事も銃で撃たれるのもオーバードーズもいやだが、溺死もごめんである。

私たちの前と後ろを、ドローンが光りながらゆっくりと飛んでいる。おかげでずいぶんと暗闇が追いやられ視界が広がった。水路には水が見える。水音からも相当な量の水が流れているのがわかった。

「賢いカートとライトが、この地下にいくつ部屋があって、なにがいまも埋まっているのか探り出した。思った通りだが思った以上だった」

「死体とか？」

「まあ、それもあるだろう。同じだけの金貨も」

「金《ゴールド》!?」

私の声は何重にも重なって地下水路の中にこだました。シャーリーがとがめるような顔で私を見る。

「いや、だってさっき、ゴールドって」

「言った」

「どうしてそんなものがこの地下に？」

「複雑な理由が重なり合って地層が形成されるのは地理学だけの問題じゃない。だが、ジョー、君にわかるように言うなら、ここはバスカヴィル家の繁栄の出発点であり土台だ。中世以降、アルスターは羊毛の積み出し港だった。だが、港があるということは逆に入ってくるものもある」

私はまた叫びそうになるのをどうにか堪《こら》えて、喉から声を絞り出すように言った。

「密貿易！」

「そうだ。バスカヴィル家の先祖はアルスター港に運び込まれる植民地で栽培された大量のタバコの密輸で巨万の富を築いた。密輸されていたのは大陸からの金と銀、それにフランス産のブランデーとリキュール、植民地産のタバコ。そのうち金はこの地下通路に保管され、タバコや酒は水路を通って市外に持ち出された。もちろん、バスカヴィル家の人間だけで行っていたはずがない。いわば、アルスター地域の人間総ぐるみでやっていた可能性が高い」

いくらタバコやブランデーなどの酒類を密輸入しても、陸路を使えば人目につく。しかし、地下水路ならばどうだろう。こっそりボートに積み替え水路に流してしまえば、水流が重い荷物を遠くまで運んでくれる。

「ローマ時代の遺跡をうまく利用した密貿易は長く続いた。バスカヴィル家の繁栄とともに。このあたりは昔から荒野でほとんどの牧場が羊毛を生産するか、加工して輸出するかのどちらかの仕事にかかわっていた。名誉革命以降、我が英国から輸出されるあらゆるものの輸出関税は撤廃されていったが、最後まで残ったのが本産業である羊毛だったことは記録にも明らかだ。ムーアに住む人々は、バスカヴィル家の表の事業、すなわちスペインやフランス、アメリカとの貿易の恩恵を受けていたはずだ。そして、バスカヴィル家がスペインを経由して手に入れた米植民地産の金銀には、どんな口でも強固にのり付けしてしまう魔法がかけられていたに違いない。ともかくとてつもなく長い間、みんな総ぐるみで罪を犯していた。クロニクルの集落はそういう村だったんだ」

　私たちは途中から、シャーリーが用意したエンジン付きのゴムボートに乗り換えて水路を進んだ。おかげで私はしばらく寒さを忘れ、ゆっくりとバスカヴィル家とムーアの歴史について、シャーリーの講釈を聞く余裕があった。

「ムーアに伝わる伝承を覚えているか？」

「『日が落ちてのち、ムーアを横切ることなかれ。そは悪霊の跋扈《ばっこ》する魔の刻なればなり』だっけ」

「そう。つまり、悪霊とは密貿易にかかわるものたちのことだ。彼らは日が落ちてからこの水路を使って密輸入品をせっせと運び出していた。魔犬伝説はそのために作られたといっていい。すなわち、悪霊を見たら消されるぞ、と」

「なるほどー！」

　タッタッタッタッというエンジン音とともに、私たちのボートは順調に水路を進んでいく。

「でも、そのことと、最近起こった二つの殺人事件には関係があるの？」

「おおいにある。重要なのは、ここにまだ古い時代の金銀が眠っている、ということだ。

バスカヴィル家の資産は登記簿にある程度ではすまない。もし密輸入にかかわった大勢の人間の子孫がいまでも自由にこの地下水路を使うことができれば、そんなものは一グラムだって残っていないはず。つまり、この地下水路はいまもバスカヴィル家が管理し、ほかの人間は手が出せないということだ」

「手が出せないどころか、知らないって可能性もあるよね。地下水路があるのは知っているけれど、金があるとは思ってない」

「地下水路を管理しているのは――」

「アルスター市」

だから、シャーリーはアルスター警察や大学を信用せず、わざわざ証拠かもしれないものをロンドンに持ち帰ったのだ、とのろまな私はようやく気づいた。

「どう考えてもバスカヴィル家に近しい存在、たとえば分家や親類縁者が代々アルスター市の水道事業や遺跡管理を任されていたとしか思えない。まあ、特殊な田舎であればそれは可能だ。金さえあれば選挙にも勝てるし、無能な子供を公務員にすることだってできる。いまだって警察や大学、あらゆるところにバスカヴィルの金は蒔《ま》かれている」

「ってことは、バリモアさんたちも……」

「彼らはバスカヴィル家にもっとも近い家令の一族だ。当然、このことを知らないはずはない」

あまりにも多くの情報が一度に流れ込んできたので、情報処理能力にとぼしい私の頭はパンクしそうになった。ちょっと待って、と両手を広げた。

「大昔バスカヴィル家を中心に、クロニクルの村やアルスター市ぐるみで密貿易をしてたのはわかったよ。だけど、そんなふうに何百年もうまくやってきたはずのバスカヴィル家とその親類たちとのあいだで、こんな悲惨な事件が起きてしまったのはなぜなんだろう？」

「先代チャールズ氏がバスカヴィル家の当主になったからだ。彼はもともとこの土地の人間ではなかった」

そういえば、チャールズさんはもともと南アフリカで手広く商売をして財産を築き、帰国したと聞いたことがある。だから、バリモアさんたちとバスカヴィル館で暮らしたのも、ここ十年の話だと。

「そうか、奥さんは南アフリカで亡くしてて、単身ムーアに移り住んだってキャロルが言ってたっけ」

「チャールズ氏は、この地下水路の存在を知らなかった可能性がある」

父から子へ、あるいは近しい血縁で受け継がれていれば、家にまつわる遺産のありかやアルスター市とのかかわりも自然と継承されていっただろう。しかし、バスカヴィル家は先々代で一度絶えた。そこで情報も一度途切れた。新しくやってきた当主に、だれも秘密の遺産のことを教えなかった。

「そっか、バリモア夫妻は、地下に眠る遺産を独り占めするつもりだったんだ！」

「地下に眠る金貨に比べたら、チャールズ氏が彼らに残した遺産など微々たるものだったろう」

「なるほどね。バリモアさんたちには立派な動機がある。でも彼らはなぜ十年も待ったんだろう。すぐにチャールズさんを殺してしまえば、なにも十年も待たずに手に入ったんじゃない？」

「それこそ、〝待っていた〟可能性がある。当主以外にこのことを知るアルスター市政に近い関係者たちもいるだろう。当主が死んでも地下水路のことを知っている人間が多くいたのでは意味がない。彼らの口を封じるか、もしくは自分の都合の良い人間にすげかえる準備をしているうちに十年が経ち、関係者もだんだんと減ってきた……。しかし、相手に寿命があるように、自分たちの命にも期限がある。金を手に入れても時間がなければ意味がない」

たしかに、バリモア夫妻は当初話したとき、アルスター市内へ引っ越すと言っていた。

もし本当に義弟から逃げて姿をくらますのが目的なら、引っ越し先をこんな近くにするはずはない。しかしシャーリーが調べたところによれば、彼らはすでにアルスター市内に庭付きの家を借りていたのだ。しかも場所はこの遺跡を管理する事務所のすぐ近くである。

「じゃあ、私たちにヤクを打ってここに閉じ込めたのも、バリモアさんたち？」

「いや、それは違う。彼らはその件に関してはなにもしていない」

「じゃあいったいだれが？　彼ら以外にやっぱり協力者がいたってこと？」

「そこがまだ確信が持てていない点だ。こうして罠を張り、体を張ってみて、だいたい真実を摑んだ気はしているけれどね」

体を張って死にかけたのは私ひとりのような気もするけれど、いまはそれよりも一連の事件の真犯人を知りたい欲のほうが勝っていた。

ボートは約一時間弱かけて水路を進んだ。そして、ほどなく鉄製の柵が張り巡らされた水門にたどり着いた。すでに二機のドローンが到着していて、シャーリーの指示を待って羽根を止めてじっとしていた。船着き場のように、ご丁寧にボートをとどめておくロープ留めまであった。

「ここから上に出ることができる。密輸したタバコや酒はここから荷揚げされ、イギリス中に売り買いされていったようだ」

石の階段には木による足止めが施されており、ここがどれだけ長い間使われていたのか、そして働く人間が秘密裏に動き、万が一にも荷を落とさないように（音をたてないように）よく整備されていたかをうかがい知ることができた。重い鉄製の、マンホールより大きい蓋《ふた》は横へのスライド式で、シャーリーの力でも開けることができる。

日暮れにさしかかっていたが、まだ十分に視界がきく。外の空気に触れたことよりも、人工のものではない明るさに私はほっとした。

驚いたことに、私たちが出てきたのは、あのグリンペンの大底なし沼の向こう側にある島だった。

「こんなところに出るんだ！」

つい先日、私とキャロルが『アウトランダー』ごっこをして巨大な魔犬を見、鬼火に襲われたストーンヘンジが目の前！

「いつからあるかわからないが、あれは妖精の丘でも門でもない。密貿易の荷がここにあるぞという目印に立てられたものだろう」

「じゃあ、あのガレージみたいな横穴も？」

「単なる倉庫として作られたんだろうな」

この広大なムーアでは、たしかにストーンヘンジくらいの大きな目印がなければ、取引にも支障が出たのだろう。

「ジョー、ジム・セルデンの死因を覚えている？」

「もちろん。結局水死だって新聞発表だった。もしかしたら、それもウソだったりするの？」

「いいや、水死なのは間違いない。ただ死んだ場所が違う」

「もしかして、ムーアで死んでない？」

「そう。彼も君が薬を打たれて最初に倒れていた部屋で殺されたんだ。そして、すぐにこの水路を使ってムーアに運ばれた。その後、ここで死んだかのように見せかけられたんだ。ここならまさに、事故死を演出するのにふさわしい」

「底なし沼だもんね」

私は、この場所で鬼火を見てキャロルと二人で転がるように丘を降りて帰ったことを思い出した。たしか、あの悲鳴は櫟《くぬぎ》の道を戻っているときに聞いたのではなかったか。

「あのときの叫び声は、ジム・セルデンじゃなく偽装工作するために犯人が叫んだ可能性があるってことだね。たぶん、男の声だったと思うけど」

「だとすれば、少なくとも犯人の片方は男性だ。ひとりでできる仕事じゃない。聞き覚えは？」

「たぶんない。でも遠かったし、叫び声だから確証はないよ」

「ムーアの沼のことを知っているなら、このあたりの地理に詳しい地元の人間だ」

「でも、バリモア夫妻は館にいたんだよ」

「そう、だからジム・セルデン殺しはバリモア夫妻じゃない。それはもうわかっている。ほかでもない、ジョー。君から送られてきた動画が決め手になったんだ」

「動画って、まさかあの精霊召喚謎踊りの⁇」

シャーリーが、私の口にした単語をうまく聞き取れずバグったような顔をしたので、私は、あの動画の踊りは『アウトランダー』のテーマを再現したものだと伝えた。伝えてからも彼女の、うさんくさいものを見るような視線に変化はなかったが。

「君とキャロルはストーンヘンジにやってきた。行動意図は理解不能だが、ほかにすることもなく暇をもてあました人間は奇行に走りがちだ。君たちはストーンヘンジでランチをとり、日暮れに戻った」

「うん、途中はともかく、時系列はそれで間違いない」

「では聞くが、いったい何時間あの場所にいた？　なにをしていた？」

改めて問いただされると、たしかに妙だと感じた。私たちは六時間近くも、石以外になにもないあそこで、いったいなにをしていたのだろう。

「えっと、踊ってた、とか？」

「六時間もか？」

「いやいや、まさか。いや、……そうかも」

思い起こせども、キャロルと『アウトランダー』ごっこをした覚えしかない。

「……踊ってたかも」

「そうだろう。君たちは踊っていたんだ。おそらくは、ラリって」

心外だとばかりに私は大きな声で否定した。

「ええ？　たしかに傍目には頭がおかしい二人だろうけれど、あれにはちゃんとわけがあって。『アウトランダー』ごっこなんだよ。ファン的な行動なんだ」

「いいや、君たちは確実にキマっていた。送られてきた動画を見て、それ以外考えられなくなった」

「そんな。私たちなんにも使ってないよ。いくらここがなんにもない田舎だとはいえ、ヤクはやってない！」

「やってはいないが、盛られたんだろう。二時間近くある動画をメールで送ろうとしてなんども失敗するくらい判断力に欠けていた」

「うわっ、うそっ、二時間!?」

慌ててメールフォルダを見ると、たしかに送信に失敗している形跡が見られる。しかも一度や二度ではない。

「この動画、二時間もあるの？」

「正気の沙汰じゃないだろう」

「えっ、ほんとに？　あっ本当だ二時間ある。えっ、私こんなこと言った覚えない。頭おかしい……」

シャーリーに送りつけた動画を見直してみると、たしかに自分が思っていたよりだいぶヒドかった。酒に酔っているときよりろれつが回っていない。キャロルに至っては、よく病院の救急に運び込まれるドラッグ患者のように首がガクガク痙攣しているではないか。

「キメッキメだ……」

「そうだな」

「こんな状態でよく、この動画送れたね、私」

「あまりにも失敗するので、自動的にクラウド機能を使う選択肢が出たんだろう。持ち主よりアプリのほうが数倍賢いな」

私は唖然としていた。自分では、ほんの数分の動画を送りつけたつもりだった。まさか二時間近く動画を撮り続けていたとは思いも寄らなかった。しかも完全にキマっている。

ガイフォークスデイの酔っ払いでもここまでではないレベルで白目を剝いている。

「でも、誓ってドラッグはやってない！　腕だって、ほらっ」

両腕をまくって血管を見せた。思った通り、注射針のあとひとつない。

「このとき摂取したものは？」

「……コロネーションチキンサンドと、水」

「なるほど」

合点がいった、という顔をするシャーリー。逆に、知らない間に奇行に及んでいたことが発覚した私は、気が気ではなかった。

「ねえ、なにがなるほどなの⁉　さっきから私ぜんぜん納得できないんだけど」

「君とキャロル、二人してラリっていたとすれば、昼食になにか入っていたと考えるのが妥当だろう。実はあのあと、君とキャロルが館で使ったティーカップを失敬してロンドンに戻り、唾液の成分鑑定に出した」

「それで⁉」

「君たちは微量のアヘン入りのコロネーションサンドを食べたようだ。カレーの味が濃くて苦みを感じる暇はなかったんだろうな」

「アヘン‼」

医療従事者にあるまじき、そして軍隊出身者にとっても笑い事では済まされないドラッグである。

「なんで私、アヘンなんて……。あのコロネーションサンドは、バリモア夫人のお手製だったはず……。そうだ。わざわざ昼食を用意してくれるなんて親切だなあと思ったんだよ！」

このドラッグパーティ動画が残されていなければ、ドラッグを盛られたことも変な踊りを踊ったことも覚えていなかったことになる。ああ、あのときだれも丘を通りかかっていませんように、と祈らずにはいられなかった。

「私たちにドラッグなんて盛って、なにがしたかったの？　私たち、陽気に楽しく『アウトランダー』を踊って妖精を召喚したり異世界に行こうとしてただけだよ。行けなかったけど……」

私はシャーリーのモバイルを覗き込んだ。何度も石の向こうに行こうとしてはぶつかって跳ね返されるキャロルの動画が、どう見てもヤバイ。頭がおかしい人にしか見えない。そう伝えると、君も十分変だと言われた。たしかにところどころに入っている自分の声がグフグフ言っていて気持ち悪い。

「君たちにドラッグを盛った理由なんてわかりきってる。魔犬を目撃してもらうためだ」

「魔犬⁉」

「実際見たんだろう？　グリンペンの大底なし沼に巨大な魔犬が現れるのを」

「たしかに見たよ。でもあのとき――ラリってた！」

「そうだ。つまり」

「見たのは幻覚。魔犬なんていない」

シャーリーは百万年前から決まっていた事象だといわんばかりに私を斜めに見下ろした。こういうときの身長差が小憎らしい。

「私たちをラリらせて、いったいなにがしたかったの？　魔犬が出たって？　怖がらせるだけ？」

「犯人にはキャロルとヘンリー氏にムーアに定住してほしくない理由があった。だから最初に脅迫状を出しておびえさせた。あわよくばアメリカに逃げ帰ってくれることを望んでいたんだ」

「ああ、脅迫状。そういえばそんな事もあったっけ」

たしかに私がデヴォンに来た日、キャロルに深刻な顔で相談されたのが、突然送りつけられた脅迫状についてだった。

「だが、犯人の思惑をよそに、脅迫状を送っても彼らはアメリカに帰らなかった。さらに、結婚披露パーティが凶悪犯によって中止になっても帰らなかった。それどころか館をリフォームして本格的に移住計画を進めようとしている。犯人はさぞかし焦っただろう」

私はあの日食べたコロネーションサンドの味を思い浮かべようとしたが、特に記憶に残っていなかった。カレー味が濃かったとも苦みがあったとも覚えがない。

「犯人はまずジム・セルデンをアルスター市に呼び出した。そして、ヘンリー氏のコートからモバイルを盗むように指示した。彼の情報が欲しいから高値で買い取ると言ったのかもしれない。そしてヘンリー氏のモバイルを手に入れたジムは、哀れにも犯人によって気絶させられ、あの地下水道で水死させられた。遺体は僕たちのようにボートでムーアまで運ばれた。そして、このドアから発見場所の小さな沼まで連れて行かれ、ドボンだ。ヘンリー氏のモバイルとともに」

「なんのために、ヘンリーのモバイルを盗ませたの？」

「もちろん、キャロルたちを怖がらせるためだ。自分たちのいる目と鼻の先で人が死んだとわかれば、君たちはいよいよムーアに不信感を抱くだろう。実際僕が強引に結婚式をと言い出さなければどうなっていたと思う？」

「アメリカに帰っていたかも」

「当然だ。ヘンリー氏はバスカヴィル館に住む必要がまったくない。遺産はアメリカにいても入ってくるし、ムーアが気に入ったとしても、年に数回休暇に来るくらいで十分だ。犯人の狙いは二人をムーアから追い出すことにあった」

「なんのために？」

「もちろん、地下水路に貯蔵してある金を自由に使うためだ」

「でも、チャールズ氏が知らないくらいだから、その金のことはヘンリーだってキャロルだって当然知らないはずだ。わざわざ追い出す必要がある？」

「そう、その通りだ。ジョー。君は時々正しいことを言う」

私はシャーリーの煙《けむ》に巻くような物言いに、だまされないぞ、と食ってかかった。

「待って待って、私はまだシャーリーほどまるっとぜんぶ理解してない。そもそも、その金や銀っていうのは、アルスターがまだ貿易港だった中世から近代にかけて、ムーアに住む人間が総ぐるみでやっていた密貿易の恩恵だよね？」

「そうだ。その時代に、アイルランドから密航してやってきたのが、バリモア氏の先祖だ」

人口が減少して教区が統合されたとき、その地域に住む人々についての重要な記録である証書登録簿も一ヶ所に纏められる。証書登録簿というのは、いわゆる教会税の支払いを記録したもので、どこでだれが生まれ、税金を払い、埋葬されたかがすべて書き残されている。いわば名もなき民たちの人生録のようなものだ。

それらを調べると、バリモア氏の先祖がいつごろからムーアに住んでいたかがだいたいわかるのだという。

シャーリーによると、あのセントパトリック教会が廃墟になったのは十九世紀に入ってからのこと。教会に残っている記録や名字によって、このあたりはアイルランド系の住人が多かったことがわかったそうだ。

「ムーアはいまでこそ開墾されているが、中世のころはろくに食べ物もとれない不毛の地だった。だからこそ、人々は生き残るために密貿易を始めた。ローマ時代の地下水路を拡張し、アルスター港から密かにスペイン産の酒や植民地からのタバコを運び出し、売りさばいた。当然、この秘密の地下水路のことが外にばれないよう、細心の注意が払われたはずだ。そのやり方というのが、支配と暴力と脅迫であったことは想像に難くない。バスカヴィル家は、相当ひどいやり方で人々を支配したようだ」

「具体的には？」

「教会の教区司祭を買収して、密航者、アイルランドやスペインから逃げてきたワケアリの人間を受け入れたんだ。彼らに家と仕事を与え、そのかわりに決して自分たちを裏切れないようにした。一度故郷を追われ飢えて死にかけていた人間は、たとえ強制労働させられる密貿易の人足でも、仕事と家と食べ物さえあれば口をつぐむ。記録を見ると、バスカヴィル家は長期間権力を保持することにも長けた一族だったらしい。支配しながらも、彼らに甘い蜜を与えるのを忘れなかった。集落の人間の葬儀税はほとんどバスカヴィル家が納めている。村の人間の中でも特に頭の良いものたちには、さらによい待遇を与えた。そうして出世したのがバリモア一族だ」

　記録によると、バリモア一族は一七〇〇年代に忽然とこの地域に現れ、やがてその一族はアルスターの憲兵になるものと、バスカヴィル家の家令になるものとに分かれたらしい。密貿易には荷を運ぶ人足だけではなく、会計係も必要になる。そのころ、バスカヴィル家はロンドンの修道院を支援し、バリモア一族の中にはその学校に推薦で入学、学位をとるものたちも現れた。

「その学校はいまもロンドンにある、ボーディングスクールだ。セントバール校。ザ・ナイン（名門とされる九つのパブリックスクール）のひとつ。修道院は一六一一年設立。学校になったのは一七六六年。設立者は」

「ウィリアム・バスカヴィル」

　ザッツライト、とこの上もなく美しく無感情に彼女は言い切った。

「ロンドンに戻って君たちの薬物検査結果を待っている間にセントバール校に行ってきた。

とても面白いことがわかった。ジム・セルデンが働いていた学校というのがここだったんだ。彼は修道士を三人殺害して終身刑の宣告を受けた。すでに刑は確定しているが、彼は公判中面白い供述をしている。『常習的にドラッグをやっており、その日は何が起きたのか覚えていない』と。目が覚めたら病院にいて、修道士たちが死んでいただけだと」

「私といっしょだ！」

「そう、手口が似ている。つまりジムもこの犯人にはめられたのかも」

「でも、いったい何のために？　彼はアルスター水道局の職員だったりしたわけ？」

「そうじゃない。だが、地下水路のことは知っていた。バリモアの関係者だ。なにかのおりにたまたま知った可能性もある」

「ジムがバスカヴィル家ゆかりの学校で働いていたってことは、当然ここはバリモアさんの推薦だよね――」

「そう考えたほうがスマートだ」

「やっぱり、犯人はバリモア夫妻しか考えられないんじゃない？　だって、私たちにヤク入りのコロネーションチキンサンドを渡したのも、地下水路に財宝が眠っているのを知っているのも彼らだ。それに彼らにとって不都合な人間が次々死んでる」

けれど、シャーリーの考えではバリモア夫妻は一連の事件の犯人ではないらしい。彼らならコロネーションチキンサンドにアヘンを仕込めるし、チャールズが死んで遺産を受け取るだけでなく、脅迫してきた義弟を消し、キャロルやヘンリーをアメリカに追い返して地下の金貨まで独占しようとしているとしか思えないのに。

「僕は一度も、バリモア夫妻を疑ったことはない」

と、シャーリー、シャーリーは言うのだった。

（シャーリー、少し顔色が悪い……？）

気温が下がってきたのか、彼女の吐く息が少し白く見える。本当はこんな重労働をさせるべきではない、ということは承知していた。

（かび臭い地下水道を歩かせて、さらにこんな沼地にいるとわかったら、あのシスコン・マイキーになんてどやされるか）

「その、バリモアさんたちが犯人ではないと思う根拠を聞いてもいい？」

「犯人が犯した二つのミスだ」

「ミス……」

「日が落ちて以降ムーアをうろつくなという言い伝えは、おそらく密貿易に関して決して漏らすなという暗黙の了解から発生した。そしてバスカヴィル家の魔犬《ハウンド》伝説も密貿易に関連している。ハウンドとは猟犬、つまり当時の憲兵のことを指す。伝承では大きな犬の足跡が残されていた、とされているが、あれはわかるものにはわかる暗号だったんだよジョー。僕は、セントバール校の資料館で、とても珍しいものを見た。四連のマスケット銃だ」

「えーっと、マスケット銃、って、散弾銃のことか」

キャロルとストーンヘンジへ行く途中、地元の人間がごく当たり前のように猟銃を肩から提げていたことを思い出した。

「でも、普通銃身は二連じゃ……」

「それが、僕が資料館で見たのは四連の銃だった。説明書きがあったよ。これは当時デヴォンで使われていたもので、憲兵しか持っていない特別製の銃だったそうだ」

私は、シャーリーがバスカヴィルの館で見入っていた、あのハンドキャノンのような銃身の銃のことを思い出した。

「そういえば館にもあったよね⁉」

「銃を製造していたのは、ウィリアム・バスカヴィルの会社だった。なんと彼は密貿易で得た富を、次は戦争に投資したらしい。実際、アルスターやプリマスはだんだんと廃れ、貿易の富はロンドンに集中するようになった。ウィリアムには先見の明があったんだ」

戦争でさらに儲けた彼は、密貿易時代に縁のあったカルトジオ修道会が困っていることをイギリス国内のカトリックコミュニティから聞きつけた。ちょうどそのころカルトジオ修道会は本拠地がフランスにあって、政教分離のゴタゴタに巻き込まれていた。ロンドンの資料館には、さりげなく当時のものが展示されていたが、その中にはあきらかに密貿易で入ってきたらしきものもあった、とシャーリーは言った。

「リキュールの瓶」

「リキュール？　なんで学校に？」

「学校名のセントバールは、フランス語でサントル＝ヴァル。サントル＝ヴァルはカルトジオ修道会の本拠地だ。シャルトリューズというリキュールに聞き覚えは？」

「それなら知ってる。カクテルによく使われる甘い薬草酒だよね」

「あれは、このカルトジオ修道会でしか造られない。レシピは完全に伏せられていて、現代でも代々二名の選ばれた修道士しか知らない徹底ぶりだ。カトリックコミュニティの縁で、このリキュールがフランスからアルスターに密輸されていたとしてもなんら不思議じゃない。――ああ、話が逸れたな。つまり、ウィリアムの時代にはもうバスカヴィル家は武器商人として名をはせていて、彼の工場では官憲の象徴として四連という、およそ実用的ではないマスケット銃を生産していたってことだ。これを杖代わりに地面に伏せてつくと、どうなる？」

私は思わずあっと声をあげた。

「たしかに犬の足跡みたいな跡がつく!」

「だろう?　だから、憲兵はハウンドと呼ばれたんだ。二重にも三重にも金と権力によってがんじがらめになっていたから、実際密告者は多くなかっただろう。ただ、用心に用心を重ねて、こう言い伝えられた。魔犬に注意しろと」

「あ――――っ!」

私は行儀が悪いと百も承知でシャーリーを指さしてしまった。

「おかしい!!　たしかにへんだ」

「うん。続きをどうぞ」

「だって、チャールズさんの死体のそばには、本物の犬の足跡があったんだ。写真で残ってる。キャロルに送ってもらった。でもあれはマスケット銃を下に向けてついた跡なんかじゃない」

はっきりとした犬の足跡だった。やや大きい感は否めなかったが、さすがにマスケット銃の筒の跡なら、すぐに警察が検証する。

「犯人が、わざわざバスカヴィル家の伝承にあわせて偽装した!?　どうして!?」

「伝承の、本当の意味を知らなかったから」

「つまり、犯人はこの土地の人間じゃない!!」

シャーリーがバリモア夫妻を疑わなかったのには、明確な理由があったのだ。

「あ、でも待って。魔犬っていうのは官憲の暗喩なんだよね。この土地の、密貿易にかかわっていた一族ならだれでも知ってる言い換え。なのに、なんで私たち、あのとき巨大な犬を見たの？　鬼火つきで」

「それも、足跡と同じ理由だ」

「なら、あれもやっぱりウソなんだ。私たちを怖がらせてムーアから去らせるための犯人の工作。ってことは、私たちをラリらせたのはバリモアさんじゃない」

「違うな」

「でも、サンドイッチを作ったのはローズさんだよ。犯人がローズさんに気づかれずにアヘンを仕込めるとは思えないけど。彼らは無実なんでしょ？」

「むしろ、犯人はバリモア夫妻が疑われるように仕向けている。君に仕込んだドラッグ・コロネーションサンドといい、ジムの死といい、彼らにとって状況は刻々と不利になる一方だ。このままではバリモア夫妻は地下の金を捨てて逃亡せざるをえなくなる。だが、それこそが犯人の狙いなんだ」

私は顔を上げた。さく、さく、と地面の草を踏む音がしたからだ。目の前のシャーリーは一歩も動いてはいない。私はとっさに彼女をかばうように前に立った。

「こんばんは」

視界に現れた女性を見ても、私はすぐには顔と名前が結びつかなかった。決して親しいわけではなかったし、いつもムーアで見かける姿と違って、今日は上下がチャコールのパンツスーツ、フォーマルな服だった。それも当然、その人は本来ならいまごろ叔母の結婚パーティに出席しているはずで、私の目がたしかなら、彼女は数時間前まで私と同じく教会にいたのである。

けれど、いまここで会うということは、十中八九この人が犯人だ。少なくともシャーリーはそのつもりでここで、彼女を待っていたはずであるから。

「マージ・ステープルトンさん」

夕暮れ時で日を映し込んだグリンペン地帯に無数に散らばる沼が、どれも赤くラズベリーピンクに照り返している。その中で、名前を呼ばれた女性は少しもまぶしげにせずこちらをまっすぐ見ていた。

「どうやってここまで?」

「言わなかったっけ。このあたりで知らないことはないくらい毎日歩き回ったと。当然地下もね」

「ここのほかに出口があることは、予想はついていた」

シャーリーとマージ・ステープルトンは、驚くことなどなにひとつない、とばかりににらみ合った。

「あるべきところに死体がないと、多少は驚くけれどね」

「僕たちが水死体になっていないと気づいて、慌てて追いついてきたのか」

「驚きはしたけれど、特に慌てはしなかった」

「ほう、理由を聞こう」

「君の名前を知っていた。シャーリー・ホームズ」

「僕は有名だから」

「子供を産めない女王蜂と、コキ使われる働き蜂。その、ちょっとばかり知恵の回る働き蜂が、私の親しい友人がいる大学の研究室にあるものを持ち込んだ」

「タバコの灰」

言葉だけで刺し合うことができるのなら、いままさに二人がしていることがそうなのだろう。それくらい、間にいる私は緊張感でがんじがらめになった。シャーリーは続けた。

「チャールズ・バスカヴィル氏は毎日午後六時ぴったりになると、飼い犬ヒューゴーに急かされて散歩に出かける習慣があった。夏も冬も、タバコを片手に、ヒューゴーにリードもつけずに出かけた。あの日も館の玄関でタバコに火を付け、鍵をかけずに外へ出た。泥棒に入られる心配などしたこともなかったんだろう。一連の動作にかかる時間は約二分。いつも彼はゲートのあたりで一度タバコの灰を落とす」

「それには気づかなかった。よく気づいたね」

「人は老いると、ルーチンワークを作りたがる。タバコの灰を落とすところを見ているヒューゴーはその場所を通らないはずだ。よって、その日、吸ったタバコの灰がまだ落ちているはずだと思った。ヒイラギがからまった櫟《くぬぎ》の垣根のすぐそばに、灰皿代わりにされていたポイントがあったよ。チャールズ氏は鉄の門を手で閉めるさい、タバコを口にくわえて両手を空けた。そして門を閉めるとタバコを右手で持ち直し、思いっきり吸い込んだ。タバコは燃え、そこで一度灰を落とした。毎日ね」

チャールズ・バスカヴィルの一連の動作が目に見えるようだった。

「検査の結果、タバコの灰から、ごく微量ながら血管の収縮を促す薬の成分が見つかった。こんな寒い季節に、暖かく暖炉のある館から外へ出たばかりでそんな薬を盛られては、もともと心臓に持病があった老人にはたまったものじゃない。チャールズ氏はゆっくりと心筋梗塞を起こした」

そして、散歩の途中で動けなくなり、凍死という大変気の毒な最期を迎えることになってしまったのだ。

「ただの事故じゃないか。警察の発表にもそうある」

「あらかじめこの事故が起こることが予測できているなら、検死官や捜査員の買収などわけもない。もっとも買収の証拠はないし、そんなまどろっこしいことをして自分が疑われるのもまずい。だが、あなたが勤める大学で検死が行われているなら、たいした手間じゃないはずだ」

「……私には当日、アリバイがある」

「バリモア夫妻の夕食会に招かれていたことは知っている。弟のジャックが、就職のために受けた面接の電話がかかってきたふりをして、一度外へ出たことも」

それは初耳な情報だったので、私は驚いて聞き返した。

「そんなこと、いつのまに調べたの？」

「ローラ・ライアンズの店で聞いた。そのあとバリモア夫人にも確認したから間違いない。ジャックは夕食会が始まってまもなく席を立ったと。だが十分ほどしてすぐ戻ってきた」

「チャールズさんに外傷はない。あったとしてももう証明できない。弟はなにもしていない」

「してたさ。主人の危機を知らせようと戻ってきたヒューゴーに薬を打ち、眠らせた」

私は、いつも暖炉の前で丸く円を描いて寝ているハウンド犬のことを思い出した。

「そっか。なにか忘れてると思ったら、あの犬だ。いくら犬でも飼い主が倒れたらだれか呼びにくるぐらいするはず！」

「実際呼びにきたんだ。だが、それを予測し待ち構えていただれかがいた。ヒューゴーはジャックが助けてくれると思ったが、すぐに薬を打たれて朝まで眠らされた。暖炉の前で眠っている姿をバリモア氏が見ている。彼は少し不審に思ったそうだ。なぜヒューゴーは吠えなかったのだろうと」

「変だよね。目の前で主人が倒れて死のうとしているのに、見捨てて館に戻って寝てるなんて」

「バリモア氏は、老犬だから仕方がないと思ったそうだ。チャールズ氏がムーアに来てから飼い始めた犬だから、もう十歳は過ぎているだろうと言っていた」

マージ・ステープルトンを見ても、彼女はさあどうだろうと首をわざとらしくかしげるだけである。

（証拠がないと知っていることが、すでに怪しいんだよ。でもシャーリーが言うなら本当に証拠はないいんだろう）

いまさらヒューゴーの血液検査をしたところで無駄だし、彼から供述はとれない。

「ジャックがヒューゴーを眠らせて戻ってきさえすれば、あとは君たちは楽しく夕食をとっていればよかった。櫟の道でチャールズ・バスカヴィルの心臓が止まり死んでいこうとしている間のアリバイとしてね」

「何度も言うようだけれど、あれはただの夕食会だ。楽しい時間だった。ムーアに来てできた親しい友人たちなんだ」

「そう、親しいからこそ相手のこともよく知っていた。ローラ・ライアンズがろくに働かない父親を養いながらほぼひとりでカフェとベーカリーを切り盛りしていることも。手が足りずにときどきパニックを起こしそうになっているから、朝や夕方の忙しい時間に買い物ついでのふりをして行けば、仕事を手伝っても不審に思われない。コロネーションチキンサンドにぴったりのパンにドラッグを仕込むことだって可能だ。そうだろう？」

私は思わず口をあけたまま、マージ・ステープルトンの顔を凝視してしまった。

（アヘンを仕込んだのは、てっきりカレーソースのほうだと思ってた。パンだったなんて！）

少し風が強くなった。日は徐々に暮れかけて、グリンペンの沼はいつのまにか煮詰めすぎたジャムのように赤黒く変色していた。シャーリーはさりげなく、コートの襟をたてた。

そういえば、あのマイキーから押しつけられたペニンシュラのカシミヤストールを巻いていない。

「そろそろ、なぜジム・セルデンが殺されたのか、その話をしよう。彼はロンドンのボーディングスクール、セントバール校で働いていた。セントバールではいまでもカルトジオ修道会の修道士たちが多く生活している。古い歴史のある建物で竣工は中世だ。いまでは学校はサリー州に移転して、建物は資料館として一般に公開している。ジムはその資料館の管理を任されていた。もちろん、素行の悪いジムがその職につけたのはバリモア夫妻のおかげだ。彼らはバリモア家が何百年も前から保有していたバスカヴィル家に関する特権を使うことができた。もっとも、ムーア生まれでないチャールズ氏が当主になったときから、彼に黙って地下水路に眠る金を手に入れるつもりではあったのだろう。ジムを手足のように使って、財産をかすめ取ろうとした。むろん不動産や名義のしっかりしたほかの資産には手を出せない。だが、遠く離れたロンドンのボーディングスクールが歴史ある学校で、その資料館が宝の山であることはあまりムーアでは知られていなかったらしい。バリモア夫妻はジムに秘伝のリキュールのレシピを手に入れさせ、引退後はアルスターに住みながら、アイルランドで醸造業を始める予定をたてていた。すべては順調だった。ある疫病神が学校に現れるまでは」

シャーリーの口調から、その疫病神こそ目の前にストーンヘンジの石のように立ち塞がる、マージ・ステープルトンであることは明白だった。

「君たちだ。ステープルトン姉弟」

「私たちがなんだというんだ」

「君たちは、裏の業界では名の知れた売人だ。もっとも売っているのはドラッグじゃない。〝病《やまい》〟」

「病気ってこと？」

「その通り。彼らはあらゆる病を売る。マージ・ステープルトンというのも偽名。もともとは大学で飼料用穀物の遺伝子改良を研究する植物学者だった。いつのまにか悪魔と取引するようになったらしい。世の中には病気を金に換えたがる闇の錬金術師はごまんといる。二〇〇七年ごろから金に困り、研究していた小麦の縞萎縮病《しまいしゅくびょう》についての新品種を売り渡した」

「その結果どうなったの？」

シャーリーは髪をかき上げるふりをしながらさりげなく耳たぶのピアスを触った。データをミセス・ハドソンから受信しているのだ。

「二〇一〇年にウクライナの穀倉地帯で起きた大規模な縞萎縮病被害は、どこからか持ち込まれた新種のウイルスによる土壌汚染が原因だったことがＷＨＯに報告されている。それによってロシアはウクライナに対して大変強気な政策を押しつけることができたようだ」

「えーっと、いまから三年前か」

三年前というと、私はまだ、まともにキャンプで医者をやっていたころである。

二〇一〇年、中央アジアではとにかくロシアとウクライナがガスや領土権を巡って衝突を繰り返していて、ロシアがクリミア半島へ向けて主導権を徐々に掌握していっていたころ。主に二〇〇五年ごろからパイプラインの利権を巡って激しいやりとりが続いていたという。

「彼女の作る『植物をダメにする新種のウイルス』は、ブラックマーケットでは大変人気だった。その理由は単純で、ウイルスの活動が弱くすぐにワクチンが開発できたからだ。あまりに強すぎるウイルスでは広範囲に広がったときに危険だが、ようはその年弱らせたい相手の国にばらまいて、一時的にダメージを与えるだけでいい。その年、不作で相手は売るものがなくなり金に困る。食料品が不足し、小麦の値段は高騰して飢えて死ぬ人間も出るだろう。そういうパニックに乗じる商売を、戦争屋というんだ」

「ふふ、陰謀論が好きなオタクのブログみたい」

「そう、ブラックマーケットに出まわるもののほとんどが、とるにたらない妄想と同じレベルの発想で取引されていることはたしかだ。あなたはいつしか、クライアントから開発を依頼されてオーダーメイドで人間にも使える『商品』を作るようになった。二年前、あなたに大金を払って商品を依頼した相手は、面白く小難しい提案をしてきたようだ。たとえばすでに絶滅した伝染病の復活、粟粒熱《ぞくりゅうねつ》、とか――」

「粟粒熱？」

医者である私ですら聞き覚えのない病名だったので、私はとっさにそれは植物の病気かと思ってしまった。

「粟粒熱は伝染病だ。中世に大流行し一五七八年以降は主立った流行はなくなったとされる。爆発的に広がりヨーロッパの人口を激減させた恐ろしい病であるにもかかわらず、あっけなく消え去った。理由は定かではないが、この病気に対する免疫が遺伝によって受け継がれたためだともいわれている。病にかかり生き残った人間が繁殖し、子孫を残したなら、その子孫は免疫を有する。かんたんな計算でも百年弱で滅びるはずだ」

「その絶滅した病気を、どうやって復活させるの？　だってそのウイルスに罹患しても病状が出ないのなら、それは人類がすでに免疫をもっているからじゃない。ウイルスなんて星の数よりも多い。発病しないのに特定するなんて、それこそ砂浜でビーズ一粒を探し出すようなものじゃない？」

「その通り。ほとんど不可能だ。だが、その時期に死んだ人間の遺体がまだ残っていたとしたら話は別だ」

シャーリーはアンドロイドにしては寒そうに、そしてやや苦しげにマージ・ステープルトンに向かって鋭い言葉を突き付け続けた。

「セントバール校の資料館には、ミイラがある。長い間それはペストによる死者だと思われていた。だが、あなたはそれがどうやら粟粒熱であることを知った。粟粒熱はハンタウイルス心肺症候群の突然変異種ではないかという仮説があるが証拠はない。なにせ五百年前に絶滅したウイルスだ。あなたはそれを論文にして学会に発表しようとし、これにブラックマーケットで買い手がつくことを思いついた」

日が傾くにつれ、目の前にたたずむ犯人の表情も捉えがたくなってきた。早く話を切り上げないとシャーリーの体調にも差し障るだろう。だが、この場は引けないのだ。犯人を追い詰めるために、罪を認め法の裁きを受けさせるためにはまだなにか足りない。足りないからこそ、シャーリーはここであえて彼女と対峙することを選んだのだから。

「ジム・セルデンは、あなたにそのミイラの一部を売り渡した。だれもミイラの足の一部が切りとられていたとしても気づかない。普段はロンドンの片隅の古い資料館に展示されているだけの死体だ。だが、不運なことに彼の職場には免疫力の衰えた老人が大勢いた。

修道士たちだ。彼らは、再びこの世に現れた粟粒熱ウイルスによって不審死を遂げた」

「まさか、それがノッティングヒルの殺人鬼事件の――」

セントバール校の元となったカルトジオ修道会はロンドンのノッティングヒルに修道院を構えている。当然、修道士である彼らはそこで暮らしている。

「ある売人の記録があなたたちの情報とおもしろいまでに一致する。二〇一〇年までは植物を枯らすウイルスや昆虫を主に売っていたが、最近になって人間がかかる致死性の低いウイルスを扱うようになった。食中毒菌とかね。マーケットにおける彼らの通称は〝ベリル〟」

「ベリル……」

ベリル、というのは鉱物の名前だ。アクアマリンやエメラルドもベリルの一種である。

「でも、新聞発表では殺人鬼に刺されたって」

「実際、刺したんだ。粟粒熱は感染してからの発症がとにかく早いとされている。まず感染したのはミイラに触ったジム・セルデンだった。彼はドラッグでラリっていたんじゃない。発熱し、目眩《めまい》をおぼえ昏倒した。心配して彼を医務室に運んだ三人は、いずれも医療の心得があった。彼を診ているうちに彼らにもまた同じ症状が出た。ステープルトン博士。あなたは彼からミイラを受け取りにきて、四人の病状を見てすぐに感染したのだと気づいたはずだ。さすがに四人も一度に失踪させることはできない。だから、みんなの意識がないのをいいことに、殺人事件にすることにした。傍目にもはっきりと刺されていれば、死因がまさか謎の伝染病だとは思うまい。それで時間が稼げる。時間さえ稼げれば、検死のもみ消しも偽装もクライアントがなんとでもしてくれる。なにせ、この伝染病には大金がかかっている。そしてもう使い道も決まっている。こんなところで世間に見つかるわけにはいかない」

マージ・ステープルトンはこのとき、ジム・セルデンは死ぬと思っていた。狂った末に自殺したと見せかけるために彼も刺したからだ。だが手違いで、ジムは死ななかった。思いのほか生命力が強かったのか、それとも修道士たちよりも若く抗体ができたのか助かってしまった。三ヶ月後、目覚めたとき、ジムは自分が殺人鬼に仕立て上げられていることを知って愕然とした。

「そして、愕然としたのはあなたも同じだった。あなたは慌ててジムと面会した。あなたが医療刑務所でジムに会った記録が残っている。監視カメラの映像だ」

「そうか。カメラがあったから、そしてそこが刑務所だったから、もうジムには逆に手を出せなくなってしまったんだね」

けれど、その後すぐにジム・セルデンは刑務所を脱走している。そして彼はこのムーアへやってきた。

「脱走させたのはもちろんあなたたちだ。あなたたちにとってはジムは貴重なサンプルだった。彼は粟粒熱に感染したのに死ななかったのだ。つまり、免疫をもっている。ウイルスの売人は必ず、ウイルスとワクチンをセットで売るものだ。あなたはジムを逃がし、その血液を採取する機会を待つことにした」

いままで夜空に浮かぶただのぼんやりとした星でしかなかったものが、線で繋がれ星座となって明確な物語を持つように、私はシャーリーの推理によって絡まった謎が解きほぐされていくのを感じた。そこには犯人による明確な意図と、動機と、そして犯罪があった。

「ムーアへやってきたあなたは、偶然このあたりを歩き回っているうちに面白いことに気づいた。バスカヴィル家の魔犬伝説、ムーアに語り継がれる不気味な言い伝えだ。あなたは仕事柄、魔犬伝説は狂犬病ウイルスによるものだと思ったに違いない。初めて聞いたとき僕もそう思ったからだ。あなたは研究者だ。古い時代のウイルスは死体が持っている可能性があることを知っている。あなたは墓地へ赴き、そこに死体がないことを知った」

「やっぱり、死体はなかったんだ。それは意味のあることだったんだね!?」

キャロルたちとともに丘の上の墓地へ行ったときのことを思い出した。あのときは、犯人がチャールズ・バスカヴィルの死の真相を隠すためにしたものだと思っていたけれど、シャーリーは何百年も前から死体はそこになかったと言った。ドローンにスキャンさせたから間違いないと。

「古い時代のミイラや、何千年も前にできた樹液のかたまりや、遺跡に埋まったまま時を止めた当時の空気を扱ってきたあなただ。当然、このあたりの墓地に、バスカヴィル家の当主だけ死体がないことに気づいただろう。その土地に伝わる伝承にも、実は意味があることも実体験から知っていたはずだ。たまたま時間だけはあったから、あなたはじっくりとこのムーアを精査した。ストーンヘンジ、魔犬伝説、底なしといわれる無数の沼地によって隔離された人工の島。新しいバスカヴィル家の当主が、墓参りではなくストーンヘンジへ行くのはなぜか」

「あ、そういえばキャロルがそんなこと言ってたっけ。ヘンリーひとりで儀式に出かけてるって」

「その儀式というのが、実は重要だ。代々のバスカヴィル家の当主への挨拶なんだよ、ジョー」

シャーリーの言っていることがいまいちピンとこず、私はなんとも緊張感のない返事をしてしまった。

「ストーンヘンジで？　本当にバスカヴィル家の人間がストーンヘンジの向こうの妖精の

国に行ったとか思われたの？　『アウトランダー』みたいに？」

「妖精の国からの招待ではないが、実際ここではある神秘的な現象が起こる。バスカヴィル家の人間は特別だとムーアの人間に思わせるからくりがあったんだ。古い時代には必要なことだった。だから動かした。死体を。グリンペンの大底なし沼に」

「沼!?」

「正確には死体を隠したんじゃない。見せたんだ。あの沼に沈めて一定の条件が揃うと遺体は死蠟になるようだ」

（死蠟！）

世の中では、まれに死体が低酸素・低温など一定の条件を満たした場所で長期間保存されることがある。特に強い風が吹く海に近い湿地帯で多いとされており、そういう場所で発見された死体を湿地遺体と呼んだりするのだ。

言われてみればここは強い風が吹く。気温も低くて湿気が高い。海にも近い。底なし沼といわれるゆえんは濃い泥炭が底に積もっているからだ。たしかに一般的に死蠟になる可能性が高い。

「なぜ、この沼地に人が近づいてはいけないのか。バスカヴィル家の当主の遺体だけが何百年間にもわたって消失しているのか。この一帯で長らく行われていた密貿易は、人々に厳しい監視下で生きることを強制した。その秘密は、バスカヴィル家の当主が死んだあとも保持しなければならない。そこでバスカヴィル家は死んでなお彼らを監視できるように、その姿を水の中にとどめようとしたと思われる。ストーンヘンジがここにあるということは、このあたりには古代から同様の水葬の風習があったようだ。だがカトリックが入ってきておおっぴらには行われなくなった。バスカヴィル家だけが、続けた。その強力な支配を永久に続けようと、密貿易が行われなくなっても、現代になってもなおその慣習だけが形骸化して残った」

「それで、チャールズさんの遺体が墓地にないんだ」

「バリモア夫妻は代々家令だから、当然その水葬の慣習のことを知っていた。遺体を動かすのは罪だが、最後の仕事だとわりきってやったのかもしれない。ムーアの人間ならだれでも知っていること。だが世間はだれも知らないこと。そういったところにあなたはやってきた。

僕は時系列的にはこう推理している。まずあなたは湿地遺体があるという裏情報を得てこのムーアにやってきた。死体や遺跡、化石から細菌やウイルスを取り出し、ブラックマーケットに売るのがあなたの仕事だ。そういう意味でムーアは材料の宝庫だった。あなたは植物学者を装ってここに定住することにした。そして、バスカヴィル家の秘密をひとつひとつ暴いていった」

　水葬の秘密、密貿易の歴史、アルスターから続く地下水路と、どこかにあるとされている密貿易時代の財宝。

「ここの死蠟からは思ったようなウイルスが採取できなかったようだ。だが、地下の財宝さえ手に入れればもう危険な仕事を続ける必要はない。あなたはいままでキープしていたウイルス情報のストックから、セントバール校の遺体を選んだ。セントバール校とバスカヴィル家は縁が深い。バリモアの親族であるジムを資料館の管理人として送り込めば、ミイラは容易に手に入る。ミイラを手に入れ、ウイルスを抽出して、ワクチンを揃え商品にする。それであなたはこの商売をやめるつもりだった」

　そこで思わぬ事件が起こった。年老いて抵抗力の弱った修道士たちが感染してしまった。いまウイルスの正体を知られるわけにはいかないステープルトンは、三人を殺害し、ジムがやったように見せかけ彼もまた自殺したように細工した。しかし予想外にジムが生き残ってしまったので、計画を変更。彼を脱走させ、ワクチンになる血液を採取後殺害した。前後してチャールズも殺害、その疑いがバリモア夫妻にいくように仕向け、巧妙な手口をもって彼らがムーアから出て行かざるをえない状況に追い込んでいく。

　それでも、人が最初から最後まで完全に思い通りに動いてくれることはまれだ。新たな計画にも変更点が出た。

「あなたがウイルスの売人だと気づいてから、僕はずっと、あなたがこのムーアに居続けることを奇妙に思っていた。脱走したジム・セルデンの血液を回収する必要があったにせよ、あなたが逃がしたのならもっと早くに接触できたはずだ」

「たしかにそうだよね……」

ジム・セルデンにとって、マージ・ステープルトンは自分を逃がしてくれた恩人である。逃亡資金を渡すと言えばすぐに接触が可能だっただろう。なのに彼女にはできなかった。

「もしかして、ジムは気づいていたんじゃない？　自分をノッティングヒルの殺人鬼に仕立て上げたのがだれか」

ミイラの切れっ端を売るだけのはずが、気がついたら三ヶ月後で自分は修道士を刺し殺したという。しかもそれで終身刑の判決を受けてしまった。死に物狂いで脱走したジムにとっては、世の中のだれもかれもが信じられなくなっているはずだ。

「当然、ミイラを買おうとしていたステープルトンさんも怪しく思えた」

「ジョーが正しい」

「それで、逃げ回っていたんだ。恐くて。本能で、ステープルトンが真犯人だとジムは気づいていたのかも！」

ジムに避けられていたのなら、マージ・ステープルトンがなかなか彼の血液を採取できなかった理由も頷ける。

「だけど、あなたたちは焦らなかった。じっと、待つことにした」

「ジムの姉がバリモア夫人であることは、当然予想がついていた」

「時間ならたっぷりある。魔犬伝説やムーアの伝承を調べるうちに、思わぬ収穫もあった」

「バスカヴィル家の、地下水路の財宝」

「地下水路のどこに金銀があるか調査するためには、時間がいるよね」

「粟粒熱だけはすでに買い手がついていたから、ジムの血液を採取次第、すぐに殺して水死に見せかけた。そして、ゆっくりと怪しまれないよう邪魔なバリモア夫妻をムーアから追い出すつもりだった。まさか、バスカヴィル家の新しい当主がアメリカからやってくるとは夢にも思わなかったはずだ」

そして、彼女たちの計画はまたもや変更を余儀なくされる。アメリカ人の当主に地下水路の存在を知られるわけにはいかなくなったのだ。そのためには脅して、怖がらせて、ここから追い出すのがいちばんだ。

ここで、彼女は致命的なミスを犯してしまった。

「チャールズさんの死体のそばに本物の犬の足跡をわざわざ残してしまったこと。それから、キャロルたちを脅すのに、巨大な犬の幻覚を見せたことだ！　だってムーアの人間なら魔犬が何を意味するのかは知ってる。代々密貿易にかかわっていた人間なら。それは官憲って意味のはずだった。だけどもともとよそもののあなたたちには、それだけはわからなかった。結果、意味のない犬の足跡や巨大なつくりものの犬を用意してしまった。意味を知る人々は不審に思ったはずだ。魔犬なんているはずがないのに、と」

そう、魔犬はいない。なのにいるように見せかける偽装工作を施した。それが彼女たちが犯した最大のミスだったのだ。

「バリモアさんたちは不審に思ってる。あなたたちが犯人だって気づいているよ。義弟を殺されたんだもの。ムーアの人たちだっておかしいと思っているに違いないよ」

「……で」

彼女はコメディを見て笑いを堪えているような表情を作った。

「それで全部なの、お嬢さんたち、寒いのにご苦労様」

私たちとマージ・ステープルトンの間に、ドサッと音をたてて何かが落ちてきた。よく見ると、それは地下水路で私たちの道案内をしてくれたドローン、カートとライトだった。

「エッ、ウソ！」

かなりの高さから墜落したのか、地面にめり込んで完全に飛べない状態になってしまっている。あまりのことに、私は息を呑んで目の前の犯人を凝視するしかできなかった。

「それを経由してロンドンとやりとりしていたつもりだった？　だが、残念なことに相手は君のアパートのＡＩ家主ではないよ。私の弟だ」

　そう彼女が言うが早いか、私たちが立っている島の上空を黒い雲のようなものが覆い隠した。

「あ、あれ、全部ドローン……!?」

「シャーリー・ホームズ。君はここで私に洗いざらい吐かせ、それをドローンによって録画して証拠にするつもりだったんでしょう？　そうしないと物的証拠がなにもない。タバコの灰だって、私たちがなにかした証拠はない。ジムの事故死にもね。だけど、それはうまくいかなかったようね。この二機のドローンは、私の弟がコードを書き換えた先の、ロンドンではないどこかのクラウドへけなげにも情報を送り続けていた。その映像記録は、すでに消去されているよ」

　目の前に二本、斜めに光の槍が降り注いだ。一瞬の、瞬きするほどのわずかな時間で、すでに地面に落ちていたカートとライトは黒い消し炭になっていた。いま、私たちの頭上を、空気を細かく切り刻みながら旋回しているのは攻撃型のドローンなのだ。やろうと思えば、私やシャーリーにも同じことができる。

（シャーリー!!）

私はじりじりとマージ・ステープルトンとの間合いを詰めた。一発でドローンを消し炭にできる武器を搭載した相手に、銃も持たない素手の私になにができるわけでもない。けれど、私はシャーリーに出会ってからずっと、彼女を守るための一枚のドアくらいにならなれるのではないかと感じていた。そうすべきとも、だれに頼まれたわけでもなく、部屋の入り口にドアがあるように自然に私は彼女にとってそうあろうとしている。おかしいかもしれない。私たちはまだ出会って一年半も経っていないのだ。

でも、時間が意味を成すことも、たいした意味を成さないこともどちらもまた真実だ。私は彼女を守りたい。

ただ、気絶させられもう少しで殺されかけていたのだから仕方がないが、ここに武器がないのが悔しい。薄闇でもこの距離なら外すことはないし、せめていまここで死ぬにしても、世界の紛争地域に中世の伝染病を解き放とうとしている極悪人を葬ることはできるはず……

（いやいや、死なない。シャーリーを守って、私も生き延びる。明日もクロテッドクリームをたっぷり塗ったスコーンを食べるんだ！）

私はこっそりブライズメイド用ワンピースを上からまさぐって、どこかにモバイルがないか探った。シャーリーがくれたコートのポケットにももちろんない。

（ドローンの群れがジャミングしてるとしたら、たとえシャーリーがここでいままでの会話を録音していたとしてもうまくは録れていないかもしれない。もし録音できていても、それを送信することはできない。そして、私たちはいままさに、喉元にナイフを突き付けられている）

あの、いつもムーアでタブレットを覗き込んでいるだけでなんの役にも立っていなさそうだった弟のジャックが、実はドローン軍団の司令官であったことも驚きだった。彼はゲームをしているふりをして、ドローンを操作していたのだろう。おそらくは私たちの一挙一動も彼によって監視されていたに違いない。

そして、彼の役割はもうひとつあった。やたらと顔がいいジャックには、イケメン目当てに寄ってくる女性たち（むろん同性にもモテていただろう）から情報を得、かわりに噂を蒔くことで状況をコントロールする力があったはずだ。彼は、姉がたてた作戦をサポートし実行する兵隊だった。もしかしたら弟というのもウソで、ただのビジネスの相棒なのかもしれない。

いままで、シャーリーとミセス・ハドソンが電脳世界で繋がっていることに頼りすぎていた。彼女が耳たぶに指を当てただけで、いくらでも【bee】が駆けつけ、最終的には過保護女王マイキーがアパッチヘリで怒鳴り込んできてくれると油断していたのだ。なのに、ほんのかんたんなジャミングをされただけで私たちはここまで無力にされてしまった。

（ああ、これがロンドンだったら。いまごろロンドン中に張り巡らされた監視カメラの映像が、シャーリーの危機をミセス・ハドソンに教えたはず。だけどここはデヴォン。もともと3Gがギリギリのムーアだ。どんなに国家の危機を叫んでもマイキーには届かない）

真っ黒に焼け焦げて粉々になったカートとライトを見た。マージ・ステープルトンの胸三寸で私たちも同様の運命をたどるのだ。私は空っぽの手をただ握りしめるしかなく、握った手のひらは手汗で濡れていた。

（どうしよう、シャーリー!!）

助けて、と叫んでみようか。このムーアなら風が声を運び、私たちがジム・セルデンの声を聞いたようにだれかの耳に届くかもしれない。

（いや、だめだ。そんなことをしたらすぐに撃たれて黒焦げだ！）

それに、今日、クロニクルやメリピットの人々はすべてキャロルの結婚式に招待されているのだ。いまごろアルバートホールでは食事会が宴もたけなわのはず。

ムーアにはだれもいない。

私たちと、真犯人以外は。

シャーリーが口を開いた。その声に焦りのにじみはまったくない。

「名うてのウイルスの売人が、ずいぶん手をこまねいていたものだ」

「〝ノッティングヒルの殺人鬼〟が売れれば、しばらくはどうってことはない。地位と名声を保ったまま、財宝も手に入れる。優雅にセミリタイアさ」

「とはいえ、いままで市場でまともに売れたウイルスは片手で数えるほどだろう。粟粒熱はだれに売るつもりだったんだ」

「……そんなの、だれでもいい」

「地下水路の金にあっさり鞍替えしたところを見ると、ウイルスの売人というのも、そんなに稼げる仕事でもないようだ。売ると同時に弱みも握られる。プライベートの情報を握られ、マーケットの主催者に脅されて、一度生命線を絶たれ、その後救いの手を差し伸べられるんだ。だからもう、気がつくと相手を裏切れなくなっている」

「…………」

なぜかステープルトンは口籠もり、会話の主導権をシャーリーに握られつつある。彼女にとってあまり心地よくない話題らしい。

「こんな田舎の財宝を、人を何人も殺して手に入れようとやっきになっているのも、以前勤めていた大学があなたの正体に気づいて解雇したからだ。ようやくアルスター大学の非常勤講師のポジションを得たが、ここでは研究費も下りずすべて手弁当でやらざるをえない。そのドローンもずいぶん思い切った投資だな」

「ここは死蠟がたっぷりあるし、この島自体も魅力的だ。千年近く外界から閉ざされていたため固有種が残っている。泥炭の中には蚊やネズミのミイラも埋まっている。個人的な興味は尽きないね」

「金《きん》を独り占めし、資産を確保しながら好きな研究に没頭、今度からは好きな時に好きなだけ売り出せばいい。口うるさく危ないクライアントの相手をするのも疲れたとみえる。だが、キャロルとヘンリーはアメリカに帰らず、この街で式をあげた。はたしてあなたの思い通りに財宝を独占できるかな?」

「なるさ。いまごろ会場はパニックだ」

「バリモア夫妻になにか盛ったのか」

「なんのために彼らを疑心暗鬼の闇に追い詰めたと思ってる? こういう閉鎖された田舎の村にとって一番の致命傷になるのは噂なんだ。だから私は、いつもこの噂をコントロールする。実際彼らの義弟は死んだ。得をしたのはだれか、村中が噂する。彼らは否定できない。なぜなら弟がならずものであったことはムーアのだれもが知っている。極悪犯で逃亡者だ。だれもが彼らを疑いの目で見ている。チャールズ・バスカヴィルを殺したのもきっと彼らだろうと。どれほど表面上はにこにこ振る舞っていても、裏でなにを言われているかわからない。彼らは村のしくみを熟知しているからこそ、今度はふくらんだ被害妄想が自分たちを追い詰め始める」

「ただでさえ精神を病みかけている彼らは、食事に薬を盛られる」

「幻覚が彼らを苦しめるだろう。そこに銃があれば、どうなるかな」

私は、いまキャロルたちが置かれている状況を想像して悲鳴をあげそうになった。

（キャロルたちが危ない。もしバリモアさんたちが、追い詰められて会場で銃を乱射なんてしたら！）

閉鎖された地域やコミュニティでの噂のコントロールが、実は健康状態に大きく影響することはすでに多くの研究者によって報告されている。私もアフガンのキャンプでは、カウンセラーとよく対策について話し合った。地元の集落はたいていそのような閉鎖地域であることが多いし、またキャンプ自体も広いとは言えない。噂は広まりやすく、彼らにとって一番の手頃な娯楽でもある。しかしその娯楽が健康被害に直結することはアルコールや薬物への依存問題をとってみても明白なのだ。

それほどに噂は恐ろしく、ファストフードのように手頃で甘い。人間は一定期間閉鎖環境に置かれるとあっという間に噂に依存するようになる。いまムーアの人々は、チャールズ・バスカヴィルとジム・セルデンの死が立て続けに起こったことにより、神経過敏になっているはずだ。そんなところに麻薬を混入されたら。

教会にいた私たちを気絶させ、地下水路に投げ込むことができたステープルトン姉弟である。私のコロネーションチキンサンドにアヘンを混ぜたように、食事会のメニューになにかを混入させることなど至極簡単だろう。いまごろ会場全体がハイになっている可能性すらある。そんなところに銃を持たせたら……

(疑心暗鬼とパニックで乱射事件が起こってもおかしくない!?)

助けに行かなきゃ、と思い、すぐにいま自分がどんな状況に置かれているかを思い出した。そんなことを言っている場合ではない。私たちはいま犯人に追い詰められ、真実を知りながらこのままムーアに葬られようとしているのだ。

あのドローンでカートとライトのように消し炭にされ、この沼に沈められて、いなかったようにされてしまう。なんとかしなければ。

(だけど、銃もないのにどうやって!?)

私はシャーリーを振り返った。彼女は少し寒そうにしている以外は、いつもと変わりなく見えた。いつもと同じ、雪のように肌が白く、血のように唇が赤く、黒檀のように黒く艶めいた髪をもつ美しいシャーリー・ホームズ……

（彼女に覆いかぶさってドローンの攻撃を防ぐしかない。そうやって爆風から子供を助けようとした母親をたくさん見た。助かるかどうかは衝撃次第だけど、二人して光の槍に打ち抜かれるよりはいい）

「ジョー」

自分比にしてはものすごいスピードで彼女を守る方法を考えている中、驚いたことに彼女が唐突に私の名を呼んだ。

「な、なに。どうしたの。気分でも悪い？　あっ、当然悪いか」

「特に変わりはない。いま君、どうやってあのドローンから僕を守ろうか考えているだろう」

魔法のように心を読まれて、私は状況も考えずに赤面してしまった。

「そうだけど……」

「余計なことはしなくてもいい」

「よ、余計なことって!?」

「ただの言葉のあやだ。心配しなくても、いまキャロルたちのパーティ会場で乱射事件など起こっていない」

「……本当に？」

彼女は一歩前に踏み出すと同時に、私の肩に手を置いた。

「僕のかわいいドローンたちを、これ見よがしに大結集させたドローン部隊で消し炭にして、それでなにもかも隠し通せると思ったら大間違いだ。あらかじめコートを地下水路に用意できた僕が、ほかになんの準備もしていないとでも？」

「…………」

初めて強気を見せたシャーリーの表情に、私は慌ててマージ・ステープルトンを見やった。彼女はシャーリーと対照的に、初めて強気を失ったように見えた。

「なにを画策しようと問題はない。ジャミングは完璧だ。君たちの外部への連絡はすべて妨害されている」

「ジャミングなど関係ない。その手に出てくることは予想がついていた」

「だからなんだと」

「ヘンリー・バスカヴィル氏があの館を改装するためだけにロンドンからわざわざリフォーム会社を呼び寄せたとでも思っているのか？」

シャーリーが私の肩に置いた手が、ゆっくりと私の二の腕を滑って、私の手の指を握った。

彼女の指は温かい。私のように汗をかいてすらいない。

「たしかにモバイルは使えない。無線信号のたぐいは無力化されているだろう。だが、アナログな方法ならどうかな？　幸いここには地下水路がある。僕がなぜさっきからこの場所を一歩も動かなかったと思う？　僕らの足の間には昔ながらのマイクが仕込まれていて、それが拾った音は長くて太い昔ながらのケーブルを通じてムーアを横断し、アルスター市まで続いている。いまごろキャロルたちのパーティのいい余興になっているだろうな」

「マイク⁉」

私は思わず足元を見た。暗くてよく見えないが、シャーリーが言っていることなら必要なはったりか、本当のことなのだろう。

マージ・ステープルトンの顔がはっきりと曇った。眉間の皺が、彼女に余裕がなくなったことを私にわかりやすく知らせる。

「ありえないな……」

「ありえないかどうか、ドローン司令官の弟に聞いてみたらどうだ。そのうちの一機を飛ばしてアルバートホールの様子を外から映してみるといい。みなパーティどころじゃないといった顔をしているだろう」

私は、シャーリーが何故キャロルたちに、時間がないにもかかわらずできるだけ多くの著名人に招待状を出せと言ったのかただちに理解した。いまアルバートホールには、デヴォン中の議員や大学関係者、地主、企業のCEOといったお偉方が集まっている。その中でさっきの会話を聞かせれば、いかなブラックマーケットといえどもだれかによって正体は暴かれるだろう。むろん、ウイルスの売人〝ベリル〟もだ。

彼らに聞かせるために、シャーリーはバスカヴィル館の改築のふりをしてロンドンからケーブルを引く業者を呼び寄せ、ひそかに地下水路に引かせたのだ。地元で雇わなかったのは万が一にもこの計画が漏れることを恐れたため。

シャーリーの配慮は当然のことだろう。なにしろムーアの関係者は、みな大昔から後ろめたい歴史と家系図のせいで繋がっている。いわばいまアルバートホールに集まっているのは、かつてバスカヴィル家に隷属し密貿易に携わりながら自ら甘い汁を吸っていた狗《いぬ》たちなのだ。

「さすがに、もう言い逃れはできないんじゃない？　ベリルさん」

私はシャーリーに代わって、マージ・ステープルトンを追い詰めようとした。逆上した犯人が銃を取り出す可能性もあったし、なによりドローンが恐い。

「ここでやけになって私たちを殺しても、もうすでに全部いろんな人に事情はばれているんだよ。そう考えたら、ここはおとなしく自首したほうがいいんじゃないかな」

なだめているのだか煽っているのだかわからない言葉が口から飛び出た。状況に応じてうまく言葉を選べないのは私の悪いくせである。

「………」

「普通に考えたら、会場でこれを聞いていただれかがとっくに通報して、いまごろアルスター警察がこちらに向かっているころだよ。あともうしばらくすればあなたもあなたの弟も捕まる」

「そんなのははったりだ。その証拠に、だれも来る気配がない」

「そうかな」

シャーリーは確信めいた一言とともに、私の手を強く握り返した。

すると、ごおんという空気を乱暴に粉砕する轟音とともに西の空に巨大な黒い塊が（ドローン軍団よりもっと大きい）現れた。あっという間にそれは私たちの立っているグリンペンの大底なし沼のほうへ近づき、上空に蓋をしていたドローン部隊に突っ込んだのだ。

「シャーリー!!」

私は思わず自分の首の後ろをガードしながら彼女にかぶさるようにして地面へと押し倒した。私はたいがい丈夫だからなんとでもなるが、ドローンの羽根が飛んできて彼女の体に突き刺さるだけでどうなるかわからない。彼女は免疫抑制剤を飲んでいるのだ。ちょっとした出血でも、感染症が命取りになる。

(なんとか、地下に!!)

ドローンが地上に落下する音に交じって、サイレンが聞こえてきた。警察だ、という安堵とともに、アルスター警察で大丈夫なのか、という一抹の不安がこみ上げる。

シャーリーが思い切り顔をしかめながら私を押し返した。

「余計なことはするなと言ったのに」

「で、でも、ドローンが雨あられと降ってきたんだよ。危ないじゃん!」

「いいから、急げ!」

開けっ放しだった地下水路へ繋がる階段に飛び込む。直後に鉄のドアにドローンの破片が衝突した音が響いた。あれがシャーリーにぶつかっていたらと思うとぞっとする。

「ドアは私が閉めるから、シャーリーはもっと下にいて! ないと思うけど、崩れると危ない!」

「あのアパッチが落ちてきたらいっかんの終わりだな」

「あのヘリ、アパッチなの!?」

ということは、またもやマイキーがお忙しい陸軍の皆様を私用でコキ使ったということになる。それともプライベートアパッチを所有しているんだろうか。いや、ミシェール・

ホームズならどんな〝まさか〟も現実にありえてしまうことを私は知っている。

しばらくの間、マイキーのアパッチに体当たりされて哀れ宙に藻屑と散ったジャックのドローンが地表に降り注ぐ衝撃が地下の水路まで響いていた。だが、それもすこしすると止んでアパッチのプロペラ音も去った。と同時に、シャーリーの手にしていたモバイルにショートメールが入った。

「だれから？　マイキー？」

「いや、ロンドンからの捕り物部隊だ」

シャーリーの言った通り、複数の足音が島にばらばらと広がっている。警察だろう。

「スコットランドヤードだ。マージ・ステープルトン。投降しろ」

聞いたことのある声が聞こえてくる。

「あの声、まさかレストレード⁉」

「〝ノッティングヒルの殺人鬼〟はヤードの管轄だからな」

「じゃあ、アパッチは？」

「あれは、レストレードが手配した。結局だれに借りたのかは知らない」

「……知らないフリをしてるだけのように見えるけど」

シャーリーのしらばっくれ具合から見るに、あのアパッチは十中八九マイキールートで手配されたことは間違いないようだ。

再びショートメールが届いた。ジャミングはもう解除になっているようだ。ということは、このムーアのどこかに潜伏しているであろうジャックもまた、確保されたのだろう。

「〝ベリル〟を捕らえたそうだ」

「それはよかった……」

私はもう外は安全なのか念を押してから、鉄のドアを横に開けた。

ムーアはもう日が落ちて真っ暗になりつつあったが、人工の強い光がまるでスタジアムのようにあたりを照らし、目が眩《くら》むほどだった。

湿気を帯びた風が顔に体当たりしてきて、あまりの冷たさに思わず首がすくんだ。私はシャーリーを振り返り、コートの襟をたてて前を寄せるように顔を覗き込んだ。

「大丈夫？」

「君の明日の職ほどは危うい状態じゃない」

気にしていたことをズバリ言われて、それくらいの軽口が言えるならとほっとした。

「ドクター・ワトソン！」

長い黒髪をなびかせながら、グロリア・レストレード警部がこちらにやってきた。

「警部！　いつからいたの!?」

「いつから？　ずっとだ。そこの顧問探偵どのにコキ使われて、配線工事の現場監督のまねごとまでやったんだぞ」

「ああ、それってあなたの仕事だったんだ」

思わずヘルメットをかぶってあれこれ地下で指示を出しているレストレードを想像して笑ってしまった。

「カートとライトが撃墜されたときは、もうだめかと思ったよ」

「ジャミングをかけられるのはとっくに想定済みだ。あらかじめ人員はストーンヘンジの横穴に配置し、熱源を絶っていた。それに、有線を使えば連絡にはなにも問題はない。五百年前のモグラどもに助けられたな」

「じゃあ、ステープルトン博士はこのまま逮捕？」

「じゃなきゃこんなところまで一個小隊率いてくるもんか」

まったく、警察というのは大変な仕事である。医者にも救急はあるし兵士にも夜はないのは同じだが、こんな寒い荒野の片隅で、何十人もの警官がじっと固唾を呑んで我々のやりとりを聞いていたかと思うと、恥ずかしいやらいたたまれないやらで、お茶でも飲まないとやっていられない。

「じゃあ、せっかくだからデヴォン名物あっつあつのクリームティーでもいただいて帰ってよ」

「そんな暇あるか。これからあいつを絞り上げてなにもかも吐かせる。弁護士が来るまでがある意味勝負さ」

ふいっと顔をやった先には、マージ・ステープルトンが派手な蛍光色のウインドブレーカーを着込んだ警官に両脇を挟まれながら連行されようとしているところだった。

「さっきの会話、ぜんぶちゃんと録れてるの？」

「録れてるどころか、あんたの身内の結婚パーティはいまごろ新年のトラファルガー広場みたいな騒ぎになってるぞ。集まったプレスは明日の朝刊の一面を差し替えるために飛んで社に帰ったし、かわりにカメラマンと記者がわんさか押し寄せて、さっきのテープを寄越せだの、インタビューをとりたいだの、勝手なもんだ。ステープルトンの別荘や研究所も人だかりだし、すでにSNSはこの情報でもちきりで、〝ノッティングヒルの殺人鬼〟がトレンドにあがってる」

「……キャロル、怒ってないといいけど」

いや、あの叔母のことだから、いまごろ完璧にメイクを直した上、殊勝なふりをしてインタビューを受けているに違いない。〝ノッティングヒルの殺人鬼〟のみならず、いわくありげな旧家に仕える一族の謎、ローマ時代の地下水路、中世の埋蔵金と、ニュースの話題提供には事欠かない。明日のＢＢＣ１はキャロルの顔で埋め尽くされるだろう。先週新しくしたばかりの私のiPhoneをかけてもいい。

シャーリーと私に気づいたのか、車に乗り込む前にマージ・ステープルトンはこちらを向いた。

私は思わず言わずにはいられなかった。

「『日が落ちてのち、ムーアを横切ることなかれ。そは悪霊の跋扈する魔の刻なればなり』。たしかに今日は人が多いよ。でもバスカヴィル家の伝承によると、犬は警察のことだ。〝ムーアに住む魔犬《ハウンド》こそ、この土地の主なのです。バスカヴィル家は彼らに管理を許されているに過ぎません。もし、このアルスターを治めるのにふさわしくないと彼らが判断すれば、すぐに牙をむいて襲いかかる〟。あなたがキャロルに送った脅迫状だけど、本当にそのままになった。やっぱり言い伝えは本当だったんだね」

私の言葉に反応したマージ・ステープルトンの表情は、ライトの光の反射でよく見えなかった。ただ、思ったのとは違うどこか楽し気《げ》な声で言った。

「残念だよ。こんなことになるなんて！」

彼女は警官に歩くよう急かされたが、体を大きくひねって我々に声が届くよう思い切り叫んだ。

「あの結婚式が、我々をおびき出そうとする罠だということは半分わかっていた。でもまさか地下水路に有線を引いていたとは思わなかったし、考えてみれば実に有益でスマートな作戦だ。完敗だよ。私にだってまだ切り札があるけどね！」

「切り札……？」

「ジャックのドローンには、万が一に備えてウイルスを積んでおいた。例の粟粒熱を起こすウイルスだ」

私は思わず息を止めて周りを見た。あたりには、当然のことながらドローンの残骸が所狭しと転がっている。マイキーのアパッチに体当たりされればこうなるのも当然だ。むこうはなにせ戦闘ヘリなのだ。

（うそでしょ⁉）

警官たちもぎょっとした様子で鼻と口を覆う。

「ドローンは墜落しながらこのあたりにウイルスをまき散らしたはずだ。アハハハハ、大丈夫だよ。ご存じの通り、ジム・セルデンは生き延びた。ここにいる全員が粟粒熱で死ぬわけじゃない。若いやつはきっとそのうち回復する。だけど、そこの〝心のない〟お嬢さんはどうかな？」

楽しくて仕方がない、というマージ・ステープルトンの笑い声をBGMに、私はシャーリーが糸の切れたマリオネットのように私に向かってくずおれてくるのを必死で受け止めた。

「シャーリー!!」

「ワクチンはある、サンプルがひとり分。だけど修道士のじいさんたちは全員二十四時間もたずに死んだ。さあ、女王陛下の忠実な狗である君のお姉さんは、はたして君を救えるかな、シャーリー・ホームズ!?」

私はゆっくりと意識を失った彼女を横たえた。耳を近づけて呼吸と脈をたしかめ、綴じられたように固い瞼《まぶた》を指でこじ開ける。血管の収縮、瞳孔の散大が見られるようだ。かすかに震えているのは寒さからじゃない、痙攣が起こっている。

(気づかなかった、発熱している。非常によくない!!)

「シャーリー!!　返事をして!!　ねえ、警部!!　酸素吸入器を!!　はやく！」

「アハハハハハハ、聞こえるか。ホームズ長官殿。私たち二人をうまく誘導しウイルスだけ都合よく手に入れようとしていたようだが、そうはいかない。君が妹を本当に天使と思うならば、いますぐにでも私の口座に君の資産と同じ額を振り込んでもらおうか」

私はハッとして顔を上げた。この悪魔は、この期に及んでマイキー相手に取引を持ち掛けるつもりなのだ。彼女がどこかでこの惨状を見ていることなど百も承知で、もっといえばマイキーがアパッチで突っ込んでくるのも見込んで、ドローンにウイルスを仕掛けていたのである。

(なんてやつなの)

「それから、もちろん司法取引だ。私を一切の罪に問わないこと。それがワクチンを渡す条件だ。譲歩はしない。修道院のじいさんたちよりは丈夫だといいがね」

彼女はポケットからモバイルを取り出し、これ見よがしに掲げてみせた。

「振り込み通知メールがまだ来ないな。いいさ。そのうちはっきりする。スコットランドヤードの忠実なる番犬たちが大勢聞いているぞ。君が妹を助けるために大金と良心を犠牲にして私を解き放つか、それとも妹を見殺しにして国家と法に尽くすのか」

その口ぶりから、マージ・ステープルトンは私たちではなく、マイキーと個人的な因縁があるらしかった。初めから、これは彼女とマイキーとの戦争だったのだ。そのために、シャーリーは巻き込まれた。そして、いま私の腕の中でゆっくりと死にかけている……

「みんなご苦労様、みんなみんなご苦労様!! アハハハハ! ジャッジが楽しみだ。アルスター署でクリームティーでも楽しみながら返答を待つよ」

私はたまらなくなって、その耳障りな声を消すために大声をあげた。

「早くシャーリーを運んで! そんなやつあとでいいから、シャーリーを運んでよ!」

「アハハハハハハハ!!!　アハハ!!　アハハハハハハハハ!!　アハハハハハハハ!!」

笑いながらマージ・ステープルトンが警察車両に押し込まれるのもかまわず、私はシャーリーをぎゅうっと抱きしめ、駆け寄ってくるレストレードに怒鳴り散らした。

「いますぐさっきのアパッチを呼び戻して!!　あんたたち警察があいつを早く捕まえられていたらシャーリーはこんな目に遭わなかった。シャーリーになにかあったら、あんたら全員マークスマンで撃ち殺してやる!」

何百人もの死者と、地下に金貨が眠る荒野の真ん中で、私はシャーリーを片手に抱いて絶叫した。

「シャーリーを助けてよ!」

エピローグ

雪のように肌が白く、血のように真っ赤な唇に血管の透けた頬を持つ私のルームメイト、シャーリー・ホームズが横たわっている。

彼女は白い質素な服を着て、素足で靴も履いていない。飾り気のまったくない頭部を支えるものは枕ひとつなく、髪は自然に扇状に広がり、その目は固く閉じられたまま、あの美しく透き通った大粒のパライバトルマリンの瞳の色はちらりとも見えない。

「シャーリー……」

私はガラスのウインドウ越しに、いままさに巨大なドーナツ状のゲートの向こうに消えていこうとしている彼女を固唾を呑んで見送っていた。

「だから、もうなんともないって言っただろう！」

まとわりついてくるハエを振り払うかのようにぞんざいに彼女は言う。一方ハエよりは知能があり彼女のパーソナリティを愛していることに自信のある私は、それくらいの言葉では引き下がらなかった。

「で、で、検査結果はどうだったの!?」

「そんなの、検査してすぐに出るはずがないだろう。君は医者のくせにそんなこともわからないのか」

「医者だけど、いまは医者じゃなくてただ君を心配してるんだよ。それに事情が特別だった」

「特別なことはなにもなかった」

いつもの細身のレギンスパンツ、バーバリーの真っ赤なニットに真っ白なプラダのウールコート、オールドグッチのフローラ柄ストールを巻いたエレガントなスタイルのシャーリーは、いまはMRI用の白い専用着一枚という姿だ。一方『極度乾燥しなさい』ダウンジャケットに身を包んだスノーマンのような私は、話しながらもこもこと必死で彼女を追いかけた。それは並んで歩いていてもいつのまにか置いて行かれるからで、この生来のリーチの差はいかんともしがたい。

「そもそも粟粒熱自体、すでにヨーロッパ中の多くの人間が免疫をもっているから絶滅したんだ。いまさらご丁寧にミイラから抽出したところでどうってことになるはずがない」

「たしかにね。あのときドローンからばらまかれたウイルスの影響がないとわかって、私も一安心だったけど」

マージ・ステープルトンが苦し紛れにばらまいた『商品』は、ムーアの人々を一時的にパニックに陥れた。グリンペンの大底なし沼一帯は厳重に封鎖され、私たちを含め、あの場に居合わせた警官数十名がバイオテロでもあったかのような扱いで、アルスターの隔離された病棟に一時入院させられたのだ。

何回にもわたって血液検査その他が繰り返された。私たちが解放されたのは三日後の夕方近くになってからである。

「結局、僕の発熱だってちょっとした疲労からに過ぎなかった」

「あんな寒いところに数時間立ってたんだからねえ。ストールを用意しなかったのは珍しいミスだったね」

ぎろりと綺麗な瞳でにらまれたが、いまはその目に見られている喜びのほうがうんと勝る。何とでも言うがいい。いまのシャーリーの視線ごときでは、この『極度乾燥しなさい』ダウンジャケットを貫通できない。

「マージ・ステープルトンに脅迫されても姿も現さず、取引もせず、粟粒熱の影響はないと推測していたマイキーは、やっぱりさすがだったよね」

「姉のことを賞賛しているつもりなら、あれは僕よりずっと心がないだけだ」

「それは否定しない。あのキメ台詞はマイキーが使ったほうがずっといいよ」

あれほど大声ではっきり脅されても、マイキーは冷静に行動したようである。アルスター病院に私たちが送り込まれた（放り込まれたというほうが正しい）ときには、すでに受け入れ態勢は整っており、関係者は徹底したサーベイランスのもと三日間監視下に置かれた。あの周到な準備からして、マイキーのサイドもある程度のことは予測していて、ロンドンから専門チームを呼んで待機させていたようだった。

結論からいうと、あの日粟粒熱ウイルスらしきものがばらまかれたときに居合わせた警官や私たちはだれひとり発症しなかった。ドローンにウイルスらしきものが積まれていた形跡はあったけれど、それはごく発症力の弱い病原菌だったそうである。

バイオテロもどきのせいで、愛する息子に一週間近く会えなかったレストレードは、ストレスと凶暴性をMAXにさせた状態でロンドンへ戻っていった。真の〝ノッティングヒルの殺人鬼〟は確保され、ムーアで起きた二件の殺人も無事立件される見通しだが、その代償にスコットランドヤードのあるエンバンクメントに、とてもヤバイものが送り返されたことになるので、いまごろ、彼女の部下およびヤードの皆様はまことにご愁傷様である。

ともかく、私たちにも無事帰ってよしとのご沙汰が出たので、心配して迎えにきてくれたキャロルとヘンリーに挨拶してすぐ、パディントン行きの高速鉄道に飛び乗った。犯人も無事捕まったし、すべての謎は明らかになったので、あとのことは、バスカヴィル家の新しい当主夫妻と、バスカヴィル家の昔の狗といまも狗たらんとしている人々が好きにすればいいと思う。

特に新聞でも派手に取り沙汰されているのが、例の埋蔵金の行方である。密貿易で得た財産はいったいだれのものなのか、所有権を巡ってあれこれ議論が起きているらしいが、バスカヴィル家の当主は、もし所有権がバスカヴィル家に認められても、全額を市に寄付するつもりであるといち早く声明を出した。さすがアメリカのビジネスマンは仕事が早い。ともあれ、寄付した金は地下水路の整備や病院、奨学金などにあてられる予定であるという。

帰りの電車の中で、キャロルから送られてきた結婚披露パーティの動画をシャーリーといっしょに見た。驚いたことに、有線の威力はすさまじかったようで、私たちが犯人と交わしていた会話は、すべてばっちりなにひとつ欠けることなく会場中、デヴォン中に実況中継されていた。遠目だったがテレビカメラまで入っており、シャーリーが自信をもって言った通り全く言い逃れできないほど完璧な状況証拠だったのだ。私は改めて、シャーリーの洞察力、そしてショバを荒らしたヤツは地の果てでも追っていくといわんばかりのスコットランドヤードの執念に感服した。

粟粒熱ウイルスが思ったように使い物にならなかったおかげで、マイキーはなんの取引をする必要もなく、マージ・ステープルトン、ジャック・ステープルトンの姉弟が罪に問われることは間違いないようである。あれから『私のかわいい天使ちゃん』を心配してドローン部隊を増強したマイキーによると、あのウイルスはもとよりヨーロッパ人にはほぼ効かないことは百も承知で再現を依頼されたものらしい。

『新大陸に持ち込まれ抗体を持たないものたちの世界を絶滅させた例はいくつもある。今回もそのような〝仕方がなかった〟シチュエーションを演出したいだれかがいたようだ。たとえば、国境からの移民を阻止したい国とか、その土地からある住民を追い出したい政府とか、独裁者とか。使い道はいくらでもある』

と、電話の向こうでそっけなくマイキーは言った。進退窮まったマージ・ステープルトンがあそこで使ったからよかったものの、商品化されマーケットで売られていれば、どのような被害が出たかわからない。そういう意味で私たちは見知らぬ大勢の人々を、体を張ってテロから救ったことになる。勲章をもらいたいくらいである。

ちなみに言うと、マイキーからは一言のサンキューもアイアプリシエイトもなかった。かわりかどうかは知らないが、私宛に新しい『極度乾燥しなさい』ダウンジャケットが送られてきたので、どこかに盗聴器を仕掛けられていたのではないかと思っている。

その後、シャーリーはバーツで起こしかけだった肺炎の治療を受けたあと、何回かに分けて透析を行っている。全身ぶんの血を新しく入れ替え、疲労からも完全に回復して最後の検査がさっきのＭＲＩだったというわけである。

「でもさあ、いくら、粟粒熱の影響はまったくないことが確認されたっていっても、シャーリーは特別でしょ。なにしろ」

「僕には心がない」

「そうじゃなくて、シャーリーに足りないのは免疫力。心がないなんて言わせないよ」

「君はどういう根拠で」

「だって、ムーアに来てくれた」

彼女は身長差プラス病院用サンダルぶん数段高いところから驚いたように私を見下ろした。

「ムーアに行っただけだ」

「うん、だから来てくれた」

「事件を解決しに」

「来てくれたよね」

「君がドラッグなんて盛られるから」

「心配して」

「心配してない！」

「でも来たよね。来てくれて、ずっといままでいっしょだった」

今度は私がうふふ、と含み笑いで彼女を見上げる番だった。

「寂しかった？」

「……なにが」

「私がデヴォンに行っちゃって、221bを留守にしたから」

「君が住み着くまではずっとひとりだった」

「でも、それからずっと二人だった」

彼女はリップグロスも塗っていないのにラズベリーのような唇をキュッと嚙みしめ、珍しく適当な言葉が見当たらないという顔をした。

「君が、ムーアで余計な事件に巻き込まれるからだ。アヘンなんて盛られてたら心配するのは当然だろう！」

「ほら――！　やっぱり心配だったんだ」

「ラリって動画を送りつけてこられたらだれだってそうなる！」

「YouTubeで見たとしても？　トリップして石の周りで踊ってても、他人だったらスルー&ゴー・ネクストで終わりだよ。でもそうじゃなかった。わざわざ電車に飛び乗って、三時間かけて来てくれたんだよね」

「…………」

そのときの彼女の顔を、私としては写メったあげくに待ち受けにして一時間くらいはニヤニヤしながら眺めておきたいくらいだったのだけれど、残念なことに彼女が手首に巻いていたブレスアラームが鳴った。次の透析の時間だから来いというお達しだ。

「行ってくる」

「行っておいで。終わるまで〈コスタ〉でコーヒー飲んでる」

「低脂肪を心がけ……」

「あーはいはい。私が重かったことと、ムーアに行ってから体積が増したことについては反論の余地はないよ」

まだなにか言いたげなシャーリーを透析室へ追いやった後、私はひとりになり、唐突にこの前この廊下で出会った女性のことを思い出した。

（ヴァージニア・モリアーティ）

シャーリーの主治医のひとりであり、人工心臓の設計者であり、そのシステムを管理する優れたエンジニアでもある、毒蜘蛛の女王。彼女は〈ＦＯＲ ＪＯＹ〉という、生来ハンディキャップをもつ子供たちを研究者がサポートし、無償で子供たちが救われ、研究者が研究によって賛辞と名誉という報酬を得るための基金を運営している。その基金によってサポートされている子供は世界中で一千万人を超えているといわれ、ＪＯＹのメンバーのひとりが去年ノーベル医学賞にノミネートされたことでも大いに話題になった。

表向きはそのような善意あふれる顔をもっているモリアーティ女史だが、裏の顔はさらに複雑らしい。わかっているだけでも、人々を安易に扇動することが可能な複数の人気ＳＮＳ、明日の生活費に困る貧しい若者をたきつける〝復讐の天使団〟などの運営にかかわり、株価の流動、戦争の有無、ひいては世界中の富を配分する人々のためのシステム構築の一端を担っている。

今回の粟粒熱などのウイルスを扱うマーケットの存在を聞いたとき、私の頭の中に思い浮かんだのが、彼女、ヴァージニア・モリアーティの事件への関与だった。

（もし、シャーリーも同じことを考えていたのなら、彼女はなにがなんでもこの事件を解決し、止めようとしただろう）

たとえ私や私の叔母が当事者でなくとも、彼女は喜んでウィルスの雨の中に身をさらしたはずだ。

シャーリーとモリアーティ女史の間にどのような関係性があるのか、私はまだ完全に把握しているとはいえない。けれど、以前ここで彼女に会ったシャーリーの様子から、そのとき漏らした本心に限りなく近い感情の発露を耳にしてから、私なりにシャーリーの思いと置かれている状況を何度も想像した。

『ねえジョー、僕を生かし続けることが出来るただひとりの神が、人の命をおもちゃのように扱い金を儲ける大罪人だったとしてだ、子羊はどうするべきだろうか。こんな命はいらないとつっかえすべきだろうか』

シャーリーは、その命をモリアーティの研究とビジネスによって救われた。救われてしまった。そしてそのビジネスはいまも彼女を生かす役割を担っている。図らずも『二酸化炭素を多く含んだ緋色の血が赤みを取り戻して僕の体を巡るたびに僕は考える。本来なら僕はとっくに死んでいたはずなのにと』

バーツで透析を受けるたび、その血が赤く生命力に満ちた色に戻るたび、シャーリーはこの世のすべての罪を背負いなおしているも同然なのだ。だからこそ、彼女は警察に協力を惜しまない。そして、モリアーティを追い詰めることをやめない。

あのマージ・ステープルトンをして長官殿と言わしめるシャーリーの姉、ミシェールがこの件に関してどのような考えをもっているのかも、私にはわからない。けれど、マイキーはすべてを承知でシャーリーを好きなようにさせているはずだ。そして、そのためにもっともふさわしい外部の心臓として、私に白羽の矢を立てた。

「だから、心がないなんて言わないで」

長い長いリノリウムが敷き詰められた廊下の果てから、だれかが歩いてくる。コツコツというソールの音がひびくので、ゴム底サンダルを履くパーツの関係者でないことは明白だった。

途中で曲がる様子もなく、ゆっくりと近づいてくる。私の五メートルほど目の前でその人物は足を止めた。

「やあ、リジー」

私が見つめる先に姿を現したのは、革のジャケットにデニム、ドクターマーチンのブーツを履いた女性だった。白人が持ちようのないつやと張りのある皮膚は、彼女の整った顔立ちをさらに美しく見せる。典型的アフリカンブリティッシュビューティ。歩き方が見事なまでに整っているが、それは彼女がモデルだからではなく、軍隊出身だからだ。

「久しぶり、ジョー。あんた、杖はついてないようだけど足はもういいの？」

イライザ・モラン大佐。私がかつてアフガンで所属していたロイヤル・ノーサンバーランド・フュージリアーズ連隊の長だった。いわば元上司である。

「えっとね、最近調子が良いんだよ。それより、もうマイワンドから戻っていたんだね」

「あんたと同じで、退役した。……いや、まだあんたの除隊届は受理されていないから、同じくとはいえないね。あんまり驚いていないところを見ると、どこかで私の関与に気づいた？」

うん、と私は小さくあいまいに頷いた。

「ドクター・マージ・ステープルトンが使っていた手袋」

「グローブ？」

「部隊で、よく不良品が出た黄色いグローブのこと覚えてる？　コールドウェザー用の」

「ああ」

「デヴォンの田舎で遺跡いじりしている学者が使うにしては、いろんな意味でありえないなと思ったんだ」

シャーリーがマージ・ステープルトンに会ったとき、握手をするために外したグローブを見てから違和感を抱いていた。あのときは、軍用品なんてそのあたりの店で買えると思い気にもしなかったが。

「彼女、アフガンにいたでしょ」

「少しの間ね。軍から金をもらってる学者なんて山ほどいる」

「ああ見えて苦労したんだね。苦労といえば、イギリス軍って、なんでジャムる銃だのすぐに劣化するグローブだのをつかまされるんだと思う？」

「日本人の次にお人好しだから。島国根性ってやつでしょうよ」

「そんな部隊に嫌気がさして退役したの？　私と違って七大陸にまたがる男遍歴っていわれていたよね」

「もう好みの男は食い尽くしたから」

毒蜘蛛の女王の手下にふさわしいセリフを、イライザ・モランは口にしてみせた。そう、彼女が退役してある警備会社に再就職したという噂は聞いていた。ここで現れたということは、おそらくいまの彼女のボスはイギリス政府ではなく、あのヴァージニア・モリアーティなのだろう。

「あなたが私を見張っているのは知ってたよ、リジー。私のことをよく知っているあなたは適任だ」

「私だけじゃない。それこそミシェール・ホームズだってあんたの監視を依頼されてるはずよ。あんたに自由なんてないの。あのボスコム渓谷の惨劇以来ね」

「…………」

「資料は見せてもらった。はっきり言ってすごい成果だったわぁ。あんたはなにも覚えていないと言うけれど、世界中の関係者があのときあったことをいまだに知りたがっている。あんたがたったひとりで武器もないのに、どうやって世界中が追い続けるテロリストの長を魅了し、あのキャンプにいたテロリストどもを惨殺し、渓谷から無傷で脱出したのか。彼らはいまだにあんたを憎み、おびえているらしいわよ。ボスコムの魔女と呼んでね」

「……覚えていないことを言われても、雑音と同じだよ」

「あいかわらず都合のいい耳ねえ。女子寮ごっこしながら、あんなお人形とつるんでいられるはずだわ」

じゃあね、と手を適当にヒラヒラさせて、イライザ・モランは私を追い越し、通り過ぎていった。

「ああ、まいったな……」

私は首を大きく右に倒して、凝り固まった筋肉をほぐそうとつとめた。

あいかわらず、皆私のことをほうっておいてくれない。お金はくれないくせに、住むところも職業もこれにしろあれにしろと上から押しつけて、私の人生を管理しようとする。

たとえ国であろうと軍であろうと、義務を終えた人間の人生をタスクアプリのようにコントロールするべきではないし、こうしてたまに不意打ちのようにリマインドをかけてくるのも極めて不愉快でしかない。

「もうちょーっとお金をくれるだけで、おとなしくワインとチーズを食べて寝て暮らすんだけどなあ」

そういう意味でミシェール・ホームズの処置は正しいといえる。私に221bとパンケーキとシャーリーを与えた。それだけで私は、死体袋とは順調におさらばできているから。

私は元気だ。人を〝喜んで〟殺さなくてもいい点が特に。

モバイルの画面が、シャーリーと別れて一時間が過ぎたことを私に教えた。

「あっ、そろそろシャーリーの透析、終わるなあ。ワインを買うって言ったら、またファットファットってうるさいんだろうなあ。うーん」

ラテも飲まずに過去の妄執と対決していたことを話すわけにはいかないから、彼女には言われた通り、低脂肪のラテにしたと伝えようと思った。

それから、帰りは二人して〈マークスアンドスペンサー〉に寄るのだ。いくら221bに近くても、リージェンツパークに持っていくお弁当に、〈プレタ・マンジェ〉のコロネーションチキンサンドは当分チョイスしないでおこう。

「あ、それから花を買おうっと」

買ったのが花なら、シャーリーだってカロリーがどうとか言えないはずだ。それを彼女にその場で渡したら、どんな顔をするだろうか。いつものように、目の下をちょっとローズ色に染めてぷいっとふくれっつらで横を向くだろうか。

いや、きっと恥ずかしそうに微笑みながら受け取ってくれるはずだ。

「――ジョー。君がそう言うなら、喜んで《My pleasure》」

そう言って。

私は花を買うために、バーツから遠ざかった。

ミシェール・ホームズと
ハロッズの段ボール箱

Michelle Holmes & the Cardboard Box of the Harrods

私の同居人であり、友人であり、目の保養の対象であるシャーリー・ホームズと同じフラットで暮らし始めてから一年半が過ぎた。ロンドンは冬のど真ん中、二月。私はあいかわらずしがないパートタイム掛け持ち医師だが、その日も四十八時間ほぼ休みもなく立ちっぱなしでゾンビのように襲いくる流感患者と闘い、ようやく勤務から解放されたばかりだった。

フラフラでサークルラインに飛び乗って、リージェンツパークとベイカー街駅の間にある〈プレタ・マンジェ〉に立ち寄る。もう十時間以上なにも食べていない。なにか食べたい。しかし、棚を見上げいまは己《おのれ》にパンを食いちぎる力すら残っていないことを正確に判断する。

（もうダメだ。私はダメだ。でも体重もヤバイ。腹の肉もスゴイ。よってここはスープしか選択肢はない）

カップ入りのミネストローネ大《ラージ》（この食べ物の熱さときたらまさに凶器だ）を買ってなんとか帰宅したあと、二階のドアへと続く急な階段を這いつくばるようにして上がった。このキツさ、まさにブートキャンプのトレーニングを思わせるが、ドアを開け、最初に目に飛び込んでくるのがシャーリー・ホームズであればいうことはない。

「た、だいま……シャーリー……」

「生還おめでとう、軍曹」

「おやすみ……。またあとで……」

私はシャワーを浴びる元気もなく、ベッドサイドでミネストローネをかっこみ、そのまま電池が切れて墜落するドローンのように意識を失った。

人が人に友情を感じ始めてから、友人だと正面を切って伝えるのに最適な時間はどれくらいだろう。たとえば、恋人同士ならば大勢のタレントやコメンテーターがありとあらゆる場所でその解を口にする。ビビッと来たらその日にベッドを共にしてもOKだとか、いやいやそれだとそういう相手だと認識されてしまうから、どんなにいい雰囲気になっても最低一週間は清く正しい距離感を保ったほうがよいのだとか、さまざまだ。友情に関してもたいがいは似たようなもので、うまが合えばその日その瞬間からマブダチだと言い合う人も少なくはない。私ことジョー・ワトソンの場合、シャーリー・ホームズに対してそういう真摯な気持ちは確実に、そして多分に存在したものの、相手にも同じように認識されているかどうかはわからなかった。なぜかというと、私がいくら彼女に「シャーリーが好きだよ」と伝えても、彼女はそれがベイカー街に冬場立ちこめる靄《もや》かなにかのようにしか思っておらず、そうかそうかと軽く受け流すだけであったから。

「好きな人を好きだと言って何が悪いの」

と私は眠い目をこすりながら、居間の暖炉前にあるひとりがけのソファにフラフラと腰を下ろした。いまは午後三時過ぎ。帰宅したのが朝の八時前だから、まるっと七時間眠っていたことになる。

「すべての人間が君のように、感じた瞬間に無脊椎動物のように反射で好きと答えているのなら、この世はもっと相互理解のある人間であふれかえっているはずだ。犯罪が起こるはずがない」

「なに言ってるの、そんなわけないよ。人生八十年だと見積もっても毎日新しい人に会ったとしても、三万人にも会えない計算なんだから」

『二万九千二百人です。ドクター』

「ありがと、ミセス・ハドソン」

間髪を容れず訂正をいれてくれるのは、このベイカー街221bを取り仕切る万能電脳家政婦ミセス・ハドソンである。

「さすがミセス・パーフェクト。計算が速いなあ」

『生きていたころは、夫は料理をまったくしませんでしたし、私も計算が苦手で家計簿を付けることすら躊躇《ためら》われました。不思議なこともあるものです』

「ほんとにね。だれかと、〝生きていたころは〟なんて話すこと自体が不思議なことだよ」

私が夜勤明けであってもそうでなくても、シャーリーは昼も夜も居間の窓側に設置されている古いヴィクトリアンカウチに寝そべり、たまにドローンが運んでくるラズベリーティーやおやつ、そして免疫抑制剤を口にする以外は、ほぼ思案の海にダイブしている。いわばこの世にはいないようなものなのだが、私はヒマができると彼女につまらないことを話しかけ、肉体があることを思い出させ、非生産的だ論理的ではないと馬鹿にされながらも、彼女に日々とは日常であることを提示し続ける。そのようにせよ、と私に命じたのは、ほかならぬ221bの家主である。私はこの都心の高級アパートに住んでいる間は、ホームズ家にとって有機的なシステムの一部である必要があったのだ。

「四千ポンド」

「なんだそれは。暗号か」

「かんたんなことだよ。リージェンツパーク近くでこれくらいの部屋を借りようと思ったらそれくらいはするってこと。つまりその分は働けって言われてるの」

四千という数字を見かけるたびに、私は私の使命を思い出し、そして忠実に果たすのだ。たとえ自分が夜勤明けでボロボロのボロぞうきんのようであっても。

「つまらん」

「なんで」

「マイキーと君との取り決めに興味はない」

二月のロンドンは都市全体が〈スミスフィールド食品マーケット〉の巨大な冷凍庫のように寒い。人工心臓をもち、免疫抑制剤漬けの日々を送るシャーリーにとっては、流感患者であふれかえる街は危険の宝庫だ。よって瓶詰めのチェリーよろしく家の中でじっとしている時間が格段に増える。彼女にはそれがおもしろくない。

「正式な取り決めがあったわけじゃないんだけどね。クギをさされたくらいかな」

「ここがマイキーの所有物であることは否定しない。だがそこに安価で住んでいるからと言って君が引け目を感じるいわれはない。実際、ほかにもマイキーは多くの不動産をただ同然で貸し出している。そうすることにメリットがあるんだ」

「たとえば？」

「たとえば、バービカンエステートのフラットにいま住んでいるのは、ギルドホールに通う俳優志望の若い男性だ。そこは代々役者志望のイケメンが住んでいて、どういうわけだか彼らはそこそこ売れていく。いまBBCの番組で何千回目だかの『リチャード三世』を演じている男も、パレスシアターで『オペラ座の怪人』をやっている男もかつてその小鳥の巣にいた」

「ひえ……」

シャーリーの言っていることが本当ならば、噂のミスター・ウェンズデーは代々売れっ子俳優の卵だということだ。

シャーリーの姉、ミシェール・ホームズには曜日ごとに五人の愛人がいるのだともっぱらの噂である。月曜日は料理上手な別居中のシングルマザー、火曜日は週に一度NYからロンドンを訪れるシティバンクの男、木曜日はLAやボストンで自分のサロンを二十店舗経営するヘア・スタイリストで、マイキーはその妾宅で髪を染め、切り、ネイルを整えたあとベッドでのマッサージを受ける。金曜日がフォークランド紛争にも参加したという退役軍人のおじいちゃんで、彼がメインのセックス要員。

なかでも水曜日のお相手は芸術家だと聞いていたが、まさか芸能人だとは思いも寄らなかった。

「充実したライフサポートだなあ」

週末だけ、マイキーは妾宅からナイツブリッジにある自分のペントハウスへ帰宅する。そこはハロッズの隣にありながらたっぷりとしたプライベートガーデンをもつ赤茶色のレンガ造りのアパートで、マイキーは仕事で溜まったストレスを発散するために、主にそのあたりでお買い物をするのだ。

が、外交にかかわる仕事上、特定の国を連想させるブランド品を着用することは好ましくない立場であるらしく、マイキーの普段着はほぼオーダーメイドである。美しいラインをキープしている襟元は、男性のシャツと同じくカラーステイが入っているが、いざというときのために特注の折りたたんだ針金が仕込まれているのだとか、いないのだとか。

「月曜日が料理の得意なシングルマザーっていうのがウケる。あの心臓どころか脳まで機械でできてそうなマイキーでも、週明けに出勤して山積みになった仕事に向き合ったあとは、おいしい家庭料理が食べたいって思うものなんだ」

「マイキーが彼女に求めているのは食事だけじゃない。まあ、食事もおおいにあるだろうが」

ちなみに、いまのマイキーの月曜日の彼女は日本人らしいので、私に『極度乾燥しなさい《Superdry》』ダウンジャケットをプレゼントしてくれたのはあきらかにわざとである。

シャーリー曰く、ハロッズの隣に住んでいるマイキーがハロッズの段ボール箱を送りつけてくるときは、その中身や量によって現在の英国の状態がわかるのだという。先だっての大事件では、マイキーは車を乗り換え、いままで通勤に使用していた純白のベントレーをお下がりとしてシャーリーに押しつけた。もはや段ボール箱でもハロッズでもない。ヨーロッパの通貨危機が長引くという悪夢のような指標が出まわったころで、マイキーはギリシア問題で休みなく飛び回っており、長らく愛人宅にも立ち寄れない状態だったという。

「でも、あのマイキーに限って、愛人を自分のブレーンとして公私混同することはないでしょ。それとも本当に月曜日の人は、ブレーン兼愛人なの？」

「少なくともマイキーサイドの人間ではない」

「マイキーサイドっていうと、政府の人間ってこと？」

「あえて言うなら本当のことをなにひとつ口に出さずに一時間以上喋り続けられる種類の、という意味だ」

「……よくうちの仕事場にも来るよ、そういう人。もう長いことファンタジーの国に住んでる。七王国とかホグワーツとか」

「マイキーの愛人はたいてい、彼女サイドの人間ではなくごくごく普通の俗世に生きるタイプが多い」

「フォークランド紛争に行った八十歳のセックスフレンドがごくごく普通？」

しかし比較対象がマイキーなら、私の大先輩にあたる勲章じいさんも一般人の部類に入るのかもしれない。そもそも私なぞ、彼女の視界に人として認知され映っているかどうか。

「そろそろ、姉からハロッズの段ボール箱が届く」

「えっ、また？」

「ミセス・ハドソン、昨日、アジアにおける旧英国植民地で新しく施行された法律があるはずだ。シンガポールか香港で」

シャーリーが唐突に話題を変えることはよくあるので、私は別段驚きもせず、髪の毛を手ぐしでぐいぐい梳《と》かした。

「へえ、なんでまたアジア？」

「いま現在、マイキーの月曜日の家に住んでいるのは日本人のシングルマザーだ。特別日本食が好みでもない彼女がわざわざ日本人を選んで家に置くことには意味がある」

「ダイエットしたいとか」

「たしかに、一時期猛烈に太っていたことはあるが、金の力で体型を戻した。三年ほど前、なんとかという芸能人御用達のヨガインストラクター兼整体師が愛人だったことがある」

「だったってことは、いまはその人とは別れたの?」

「妾宅には住んでいないが、例の温室の支配人だ。彼女のホットヨガ教室はレッスン一回で四百ポンド」

「狂ってるなあ」

最近の私は、〈プレタ・マンジェ〉のホットミールが棚にないだけで、冷たいサンドイッチごときに十ポンドも払うのかと心がすさむのに、たかがヨガ一回に四百ポンドも出す金持ちがこのロンドンにはあふれているのである。

「あのころマイキーは、現在のギリシア危機を見越して上に働きかけていた。しかし、能なしの上が一向に動かないことに業をにやし、頭の中はつねにギリシアでいっぱいだった。それでスパはギリシア神殿風になったんだ」

「うそでしょ」

「時期は一致している」

そのギリシア神殿風のスパでひんむかれて保護者面談させられた私である。今度から債務危機スパと呼ぼう。

「で、だ。ミセス・ハドソン。この一週間で施行された新法は?」

『二〇一四年二月十四日の今日、シンガポールで改正特許法が施行されました』

シャーリーだけが、ああという顔をする。一方私は、遠いアジアのシンガポールで施行された法律と、マイキーとの接点が思い当たらず、ぼんやりとするばかりであった。

「なになに、シンガポールの特許法って？」

「二〇一二年に制定は決まっていた。ようやく施行の運びになったというだけだ」

「どういう内容の法律なの？」

「君の知能で理解可能なように説明することは、残念だが僕にはできない。ミセス・ハドソンの寛容さと知性に期待しよう」

『かしこまりました。おまかせください。喜んで』

シャーリーが盛大にぶん投げたパスを、ミセス・ハドソンはなんなく受け入れた。

『本日施行されたシンガポールにおける特許法改正の論点は、旧宗主国である英国の制度をモデルにすると決定されたことです』

「なるほど、それは大きなガイドラインだね」

『シンガポールはパリ条約に批准していますので、その上で英国をモデルにすることは影響が大きいと考えられます』

私の知能でもわかるようにかみくだくと、シンガポールでは新しく特許法を改正するにあたって、パリ規準にするか、イギリス規準にするか、それとももっとゆるゆるにするかでここ数年すったもんだがあったようだ。そしてその戦争においてはイギリスが勝った。

「つまり、マイキーの勝利ってことだ」

「二〇一二年の勝利だ。過去の栄光だ」

『それに準じて、シンガポールでは、現行の self-assessment patent system から改正法の positive grant system へシフトし、シンガポール特許庁独自の判断によって特許が付与されることになりました』

「えーっと、それって、すっごく簡単に言うと？」

『いままでは出願されれば、たとえシンガポール外の国での評価が悪くても特許が通っていたのが、施行後ほぼ不可能になりました。ただし、規定の七ヶ国内、オーストラリア、カナダ、日本、ニュージーランド、韓国、英国、米国ですでに取得できているものであれば、審査なしに特許取得が可能です。これは、外国ルートと呼ばれています』

「つまり、イギリスやアメリカや、もともとシンガポールとつきあいの深い国が既得権益を守ったたってことかー」

もっと詳しく言えば、それ以外の国がどれだけ金を積んで良い評価を買っても、審査に時間がかかる。逆に、この規定の七ヶ国なら、ほぼフリーパスでシンガポールでの出願が通るということらしい。アジアの巨大な商品生産国である中国やインドに対抗する措置であることに間違いないだろう。

「どうやらマイキーはこの戦いに勝利したらしいけれど、それと月曜日の妾宅となにが関係あるの？」

「おおいにある」

「うんうん。知りたい」

「月曜日の家に住む日本人はシングルマザーだと言ったが、もともとはちょっとした事件の被害者だった」

「事件？」

「彼女には妹が二人いたんだが、上の妹のほうが下の妹の亭主に横恋慕した。それだけならロンドンの赤煉瓦かキャブかレベルにありふれた話だが、違ったのは、亭主がなびかなかった腹いせに、次女が三女一家を破滅させたことだ。死体が二つ出た」

「死体が出ちゃったかー」

ただの不倫事件かと思っていたら、思った以上にハードな内容だった。

「どうやって破滅させたの？」

「三女に新しい男を紹介した」

「ああ……」

「妹はまんまと姉の策にひっかかって新しい男と不倫。亭主は嫉妬で頭がおかしくなり、妻と浮気相手を殺して、その耳を切り取り、シングルマザーの長姉の家に送りつけた」

「えっ、耳??? なんで突然猟奇殺人!?」

「次女は、下の妹夫婦を引き裂いたことで気がすんで、一番上の姉のところに転がり込んでいたんだ」

ところが、もともと素行の良くなかった次女は、シングルマザーの長姉とそりが合わずにすぐに出て行った。そこへ、次女がまだ住んでいると思い込んだ、嫉妬に狂った亭主が、妻と浮気相手を惨殺して、腹いせに耳を送りつけてきたというわけだ。

「だんなさんのほうは、だれのせいでそうなったのか知ってたんだね。それで、自分たちを破滅させた張本人にせめてもの意趣返しをしようとしたってわけか」

「そういう筋書きを」

「恐い話だなあ」

「マイキーが書いた」

私は、うん? と眉根を寄せた。そこで突然、ソープオペラめいた不倫話にマイキーがからんでくる理由がよくわからない。

「それって、マイキーが真犯人だってこと?」

「そうとも言える」

「えっえっ、ちょっと私、いま頭がついていけてないかも」

「いまさら論点にもならないことを言わなくても、君は一階からラズベリーティーが届いたら、それを運ぶ労働に従事してくれるだけでいい。そもそも、この話にはおかしな点がいくつもある。どんなに憎い相手だからとはいえ、いまの時代に、相手を惨殺して耳を切り取って送ってくるなんて猟奇的なことをする必要があるか? 殺したことを見せつけたいのなら、写真をモバイルで撮って送ればいいだけの話だ」

「……それもそうだよね」

シャーリーの言う通りだ。どれだけ嫉妬に狂ったとしても、耳を切り取るという発想がすでにヤバイ。いや、浮気ごときで相手を殺そうと思うこと自体ヤバイのだが。

「結論から言うと、この嫉妬男はマイキーの部下だ」

「ええーっ」

「直接の部下ではない。が、いまごろ死刑にもならず、名前を変えて悠々自適に船に乗って海外勤務だろうな」

「ああ、そういう船があるっていうのは聞いたことがあるけど」

　なんらかの司法取引を経ていったんこの世から姿を消さなければならない人間が、軍に雇われたかたちで海外任務につくというのはよくある話だった。派遣部隊なら出国させやすく、何年も海外にいても不審に思われない。海外派遣組の中には一定数、浄化中の人間がいるもので、そういう人間は驚くほど休暇を取らず、手紙のたぐいも届かないので自然とわかってくる。他国との合同キャンプ中に身分を交換する例もあるという。

「なんでまた、その男はマイキーに言われるままに、妻と不倫相手を殺したの？　いくら怒っててもそこまでする？」

「妻の不倫相手が、ロシアのスパイだった」

「……うそでしょ」

　いきなりソープドラマが007の話になった。まさかのロシアより愛をこめて。

「マイキーはそのころ、ロシア側が送り込んでくるスパイの数に辟易《へきえき》していたようだ。それで、どうにかして嫌がらせをしてやろうと思った」

「ロシアは、イギリス国内で炭疽菌を撒いたり亡命者を殺しまくったり、やりたい放題やってたもんね。ニュースで見た」

　チン、と音がして、一階の〈赤毛組合《Redsh Guild》〉からお茶が届いた。オレンジ色のティーコゼーの下には品の良いロイヤルドルトンのアンティークポット。中はラズベリーティーのおかわりだ。

「ちょうどそのロシアンスパイがロンドンでの足がかりに三女を利用していたことがわかったので、三女の夫に始末を持ち掛けたようだ」

「それで、スパイだけじゃなくて、奥さんまで殺させたの？」

「いいや、実際には三女も死んではいない。名前を変えて外国にいる。マイキーがそうシナリオを書いた。よりセンセーショナルに報道される必要があったからだ」

「えっ、どうして？　スパイなんてそんなのサクッと始末するもんじゃないの？」

「費用対効果がよくない」

「費用対効果とか、マイキーも気にするんだ」

私はソファから立ち上がり、トレイをテーブルに運んでティーコゼーを外した。それだけでもう良い匂いが漂っている。冬場の引き締まった空気に混ざる茶葉の香りには独特の良さがあると思うのは私だけだろうか。

「イギリスでは被害者保護の観点から、いくらニュースになっても顔は明かされない。たとえ相手が実はロシアへの情報提供者だったとしても、表向きはただの市民だ。要はマイキーは、世界中にちらばる情報局員のみなさんだけに、有名なロシアのスパイが死んだということを知らせればよかった。だから、耳にした」

「ああ〜、そういう〜」

顔が変わっていても名前が偽名でも、耳まで整形している人間はほとんどいない。そして、いわくつきのエージェントなら耳はブラックリストに登録されている。

耳を切り取って送った、という事件ならば、耳そのものの写真だけがニュースになってもおかしくはないだろう。けれど、ロシアは知る。自分たちが送り込んだスパイがありえない方法で惨殺されたということを。しかも、社会的には痴情のもつれというもっとも不名誉なかたちで処理されたのだ。永久にweb上に残り、テレビでは忘れたころにネタにされ、不倫相手の夫に耳を切り取られて殺された間男だと笑いものにされる。

「マイキーの嫌がらせは斜め上だなあ」

ロシアのスパイを葬るのに、死後の扱いまで徹底的におとしめて、ロシアサイドのエージェントの士気をそぐというのが、あの血も涙もなく、唯一この世で『私の天使ちゃん』と呼び愛しているのが妹ひとりだけという『英国政府の間脳《Ms・DiE》』らしくはある。ちなみに脳には痛みを感じる神経も痛覚もない。

「で、部下に痴情のもつれを装ってロシアンスパイを殺させて飛ばして、自分はその義理の姉を囲ってるの？　どういう経緯で？」

「そこまで深い事情は知らない」

「だいたいその三姉妹、日本人なのに三人ともイギリスに住んでるってところからして素人臭がまったくしないんだなあ」

それに、そもそも初めはシンガポールの改正特許法の話をしていたのではなかっただろうか。なぜロシアンスパイ抹殺計画の話にまで飛躍したのか。

「話は戻るけど、その日本人の月曜日妻と、さっきのシンガポールの特許とどう関係があるの？」

「マイキーはストレスが溜まると食生活が乱れる。だから、昔からシェフ系の愛人は中国料理がうまい華僑か日本人だった。つまり、いま日本人ということは、マイキーは自分自身がストレスが溜まって太りやすい状況にいることを自覚している。ここで言うストレスとはなにか。——欧州債務危機だ」

「長引いてるからね。不景気。少しはましになったって聞いたけど」

「債務危機問題でイライラしていたマイキーだったが、昨日ばかりは少しいい気分になったようだ。マイキーはハロッズで買い物をした。あと十三分後に我が家に配達されてくる。そうだね、ミセス・ハドソン」

「えっ、それでハロッズなんだ⁉」

あの段ボール箱がまたもや我が家に届いてしまうというのか。長い間ストレスを感じる職場に、上の尻拭い……。ハイブランドの服や靴が送られてきてもおかしくはない。

「ほんとなの、ミセス・ハドソン」

『はい、おっしゃる通りです。ベイカー街221b宛のハロッズの段ボール箱を載せたトラックは、現在メリルボーン・ハイストリートに停車中』

「ってことは、マイキーはいまいたくご立腹ってこと⁉ ハロッズでヤケ買いをするくらい、シンガポールでなにが起こったの。英国の大勝利なんじゃなかったの⁉」

私はさっきより色が倍ほど濃くなったラズベリーティーのおかわりを、最後の一滴までカップに注ぎ入れながら言った。

「ああ、またあのハロッズの段ボール箱が届いてしまう……。黄緑色にハロッズと斜めに印字された、やたらお高そうな段ボール箱が、うちに来てしまう……」

はたして、今回はなにが届くのか。まだハロッズ内で購入できるものだから、ベントレーよりはマシなのか。いやいや、天下のハロッズ様には余裕で車が買えるお値段のジュエリーだって時計だって売っている。よくは知らないが。

「ものすんごい家具とかが届いちゃったらどうしよう？」

「段ボール箱というからには箱の中に入る大きさだろう」

「ジュエリーだったらどうするの、英国が、またもやポンド安の荒波に‼」

なけなしの資産で電気関連株を買ったばかりなのだ。ポンド安だけはかんべんしてほしい。

「もう株売っちゃったほうがいいかな。マイキーのストレス＝英国危機だよねえ」

「うちの姉のストレス値を経済指標にするのはやめたほうがいい」

「でも確実じゃない。ギリ、インサイダーにはならないし！」

シャーリーはため息をつくと、カウチを降りて空になったティーカップをトレイに置きにやってきた。

「じゃあ、ここで知恵比べをしよう。君と僕で、マイキーが送ってきたものを当てる」

「ひえっ、そんなの無理だよ、ハロッズの段ボール箱っていうヒントしかないのに⁉」

「そうかな。ミセス・ハドソンはほとんど答え同然のヒントをくれたと思うが」

「ただ、メリルボーン・ハイストリートにトラックが停まってるってだけでしょ」

メリルボーンは高級住宅街だ。ハロッズの段ボール箱が届きそうな家は無数にある。なんのヒントにもならない。

ところが、シャーリーは私の対面席に座ると、心底呆れたという顔をして、座りながらも私を斜めに見下ろした。

「いいかいジョー、マイキーは二〇一二年ごろ、シンガポールの改正特許法をめぐっておそらくは中国と駆け引きをし、勝った。その法律はめでたく今日施行された」

「うん。そうらしいね」

「まずはマイキーの一勝だ。だが、特許法が改正されたそもそもの理由は、シンガポール政府にその出願内容が是か非か精査する能力がなかったためだった。だから外国ルートが残された」

「主要七ヶ国で通った特許に関しては、シンガポールでもフリーパスってことになったんだよね」

「そう。だからシンガポール政府としては近いうちに自前で精査できるよう、特許庁自体を強化するつもりなんだ。そのためにこの改正法もさらに改正されることになる。外国ルートも廃止がほぼ決定している」

「あ、そうなんだ」

つまり、マイキーは完全勝利を果たしたわけではないということだ。

「まあでも、そこはマイキーもイギリス風に、改正する予定の〝予定〟だけをずるずる先延ばしにして、十年くらいはのんべんだらりと行くつもりなんだよね」

「珍しくそれは正しい見解だ」

イギリス人にはイギリス人がいかにもやりそうな建前と手段が透けて見えるものだ。スコットランドも独立するしないの議論を繰り返しながら、きっと百年経つのだろう。

「……ってことは、マイキーにとってはここからが勝負。ストレスとはまだまだ縁が切れそうにないけど、とりあえず法律が施行されたことはめでたいってことかあ」

そんな複雑な心境を抱えながらマイキーは帰途についた。ハロッズでなにか食べ物を買うつもりで地下の食品フロアをうろつく。外で酒を飲まないタイプだから、ワインカウンターをひやかしたりもしない。肉とチーズを買って、まだなにか買いたい欲に襲われた。

「まさかマイキーが買ったのは、食品？」

「ミセス・ハドソン。221bに届く予定の段ボール箱は、冷蔵か」

『その通りです、お嬢様。この地区を回る冷蔵車の数は少ないため、時間がかかっています』

高いハムでも贈ってくれるつもりなのだろうか。いや、あくまでマイキーが贈る相手は『愛しの天使ちゃん』なのであって私ではない。肉はない。

ハロッズの地下に入っている店で、肉でもなくワインでもチーズでもなく、マイキーがシャーリーに贈りたいと思う要冷蔵の食品……

食品……、スイーツ、シャーリーの好物は、チョコレート……

「そうか、今日は二月十四日。バレンタインデー！　日本でバレンタインデーといえばチョコレートの日」

「ハロッズでチョコレートといえば、」

「「『ウィリアム・カーリー』!!」」

たしか去年、エリザベス女王在位六十周年記念の王冠のチョコレートがハロッズのショーウインドウを飾ってずいぶん話題になったのを覚えている。めちゃくちゃ売れているのに二号店を出さないポリシーで、英国広しといえどもハロッズにしか店がない。頑固一徹チョコレートの名店だ。

「なるほど、今日がバレンタインデーだから、メリルボーンに配達するのに手間取ってるんだ。ホームパーティするおうち多そうだもんね」

言うが早いか、ブブーと玄関のブザーが鳴った。

『ハロッズの段ボール箱を手にした宅配員がドアの前に到着しました。夫に受け取らせますか』

「ううん、いいよ。ミスター・ハドソンに悪い。私が出る」

はたしてシャーリーの推理は当たっているのか、チョコレートか、それとも中身は宝石なのか、ワクワクする。たいていはシャーリーの推理はほぼ当たっていて、中身がシャネルのブーツだろうが、カシミヤのコートだろうが間違えたためしはないのだけれど、あれも姉の思考回路および行動パターンを完全に把握しているからだろうと思われた。

（あれ、待てよ。ってことはシャーリーはマイキーのことがああ見えてけっこう好きなのかも。それとも必要に駆られて相手を理解しているに過ぎないのかな）

よくよく考えれば、マイキーが送りつけてきたブランド品はどれもシャーリーによく似合うし、なんだかんだとシャーリーも身につけているように思う。

不思議な姉妹。それとも世間一般の姉妹なんて皆そんなものなのだろうか。蠱毒《こどく》のように食い合い、蹴落とし合った我が家がやや特殊なケースだっただけで。

――このころは、私はホームズ姉妹と知り合ってまだ二年に満たなかったし、彼女らの間に横たわる、義務と義理をとうてい言語化困難な歴史でコーティングした関係性を理解していなかった。なぜ、マイキーがシャーリーのことを『私の天使ちゃん』と呼ぶのか、それをシャーリーが嫌がりもせず諾々と受け入れているのかということさえも。

だから私はその日も、なんの疑問も持たず一階へ降り、届け物を受け取った。思った通りハロッズの小さい段ボール箱と、真っ赤なバラの花束。受け取るとひんやりとして、外気温と同じ冬の匂いがした。

「ありがとう」

配達員にお礼を言ってすぐに中に引っ込む。ああ寒い。今日もまだ、ロンドンは寒い。

けれど、バレンタインデーだから〈セインズベリー〉も〈テスコ〉も〈マークスアンドスペンサー〉も花売り場は盛況なのだろう。

バラの花束を抱えて居間に戻った。シャーリーはカウチに戻って猫のように王侯のように優雅に身を横たえていた。

「お姫様へ。女王様から。カードはなし」

「段ボール箱の中身は？」

「冷蔵便で軽いから、愛人の耳かも」

冗談を言いながら横着してマントルピースの上のレターオープナーをテープの継ぎ目に刺した。中から現れたのは、ご推察通りの『ウィリアム・カーリー』の箱……

「わー、フレーバーチョコの詰め合わせだ。抹茶のもある！」

ウィリアム・カーリーのショコラティエ&オーナーの奥さんがたしか日本人なので、柚子のフレーバーや抹茶のチョコレートなども定番なのだとか。

「なるほど。あのマイキーでも月曜日の恋人に、抹茶チョコレートを買っていってあげようとかいう人の心を持ち合わせてるんだねえ」

私は、空になったポットがテーブルの上にないことに気づいた。

「ミセス・ハドソン、お茶のおかわりできる？」

『はい。ただいま夫が濃いミルクティーを準備中です。茶葉はアールグレイです。二分十五秒後、柚子のピール粉末をねり込んだ焼きたてのスコーンといっしょにお持ちできます』

「柚子スコーン！　アールグレイのミルクティーとチョコレートとスコーン、最高！」

『チョコレートと、クロテッドクリームと生クリームをブレンドした特製のクリームを添えてお出しします、とのことです』

「満点!!　文句なし!!　〈赤毛組合〉の勝利!!　赤毛ばんざい!!」

やがてミセス・ハドソンの言った通り、一階から直通の小型エレベーターのランプが点いて新たなトレイが運ばれてきた。ティーコゼーの下の銀製ポットには濃く煮出したミルクティーがなみなみと入っており、カップもウエッジウッドのものに変わっている。

「ほら、あっつあつのスコーンだよ。ミルクピッチャーに液体のチョコレートが入ってる！　シャーリーも座って。早く早く」

半分に割ったスコーンの片方は、〈赤毛組合〉特製のクロテッド&生クリームをたっぷりと載せ、その上に溶かしたチョコレートをスプーンでひとたらし、ふたたらし。もう片方はしょっぱいバターでいただくと、無限におなかに入ってしまう。

「ひゃーー、おいいっしぃぃぃぃ」

「人間が矛盾の生き物であることに間違いはないが、君ほどそれを体現している人物も珍しいな」

「んん？　それって昨日、ダイエットするからカーボを抜いて、スープだけにするって言ってたこと？　なのに、いまクロテッドクリームとスコーンをハッピーマリッジさせようとしていること？」

「……を、ほぼ毎日繰り返していることだ」

「不条理だよねえ。だけど、都市部に住む人類が肥満に悩まされるようになってもう千年は経つでしょ。ってことは、脂肪分とカーボを摂取することは文化を越えて歴史になりつつあるってことだよ。淘汰されないものは、人類が進化する上で理由がある」

「君が、バターがたっぷり入ったスコーンにさらにクリームを載せ、さらにチョコレートをかける理由が人類進化の根拠だというなら、たしかに栄華を誇った人類の絶滅も近いな」

「そう、いくら恐竜社会が何千年も続いたからって、たったひとつの隕石には勝てなかった。つまりここでまた似たような氷河期がやってきたら、戦時下みたいに食料が配給制になる。うちに配給されるチョコだってスコーンだってひとり分になっちゃうかもしれないよ。そのとき、シャーリーがまっ先に死なないように、私たちは食生活の習慣も嗜好も体型もバラバラなの。共同体を構成する個々が違うことには大きな意味があり、違うことによる無駄は百年単位で見れば無駄ではなくなる」

「その論理でいけば、僕がここで君の割ったスコーンの片割れを食べるべきではないというふうに聞こえるが」

「だから、人間が矛盾しててもいいってことになるんじゃない。つまりは、なーんにも決まってないってこと。人間死ぬときは泡が喉に詰まったって死ぬし、撃たれたって生きてるし」

「たとえ心臓が機械でも、このスコーンとウィリアム・カーリーの柚子ピールチョコが絶品であることはわかる、ということとか」

「ザッツライー！　さあさ、食べよう食べよう」

アンティークの銀ポットからベージュ色の液体がカップへ注がれる。どんなに部屋の中を暖かくしても、セントラルヒーティングが整っていても冬の冷えはごまかせない。そんなときは文化が教えてくれる。おお冬よ、我が祖国大英帝国の冬よ、その冬をもなごませる偉大なるアフタヌーンティーよ。

いまごろ、このハロッズの段ボール箱を送りつけてきた主も、恋人の家であつあつのお茶をいただいているに違いない。

そんなわけで、私はその日もシスコン姉の過剰なる愛情のおすそわけにありつき、食の細い同居人が何度もチョコレートの箱に手を伸ばすのを見て、ほんの少しかなわなさを感じたのだった。

(サンキュー、マイキー。どうもごちそうさま)

ハッピーバレンタイン。

ミシェール・ホームズとハロッズの段ボール箱に、幸《さいわ》いあらんことを。

百合とミルクティーのベイカー街に交差する

書評家
三宅香帆

私たち本を読む人類がホームズとワトソンの関係に悶《もだ》えるようになって、もう百年は経つでしょう。

ってことは、ホームズとワトソンの関係にときめくことは、国も文化も超えて歴史になりつつあるってことです。

淘汰されないものは、人類が進化する上で理由がある。

――ならば私たちは百年の時を経て、ホームズとワトソンに「百合」のときめきを見出すことができる現代日本ばんざい!!　と叫ぼうじゃないですか。

本作は、世にも有名な名探偵ホームズとその助手ワトソンを、現代ロンドンに生きる女性同士に読み替えた小説です。

初めてシャーリー・ホームズシリーズを読む本篇よりも解説を先に読む派のみなさんに向けて説明すると、語り手のジョー・H・ワトソンは、アフガニスタン戦争帰りの元軍医。ロマンス小説家としても活動している彼女は、職探しと家探しに困窮していたところ、シャーリー・ホームズと出会います。

シャーリーは、なんと人工心臓で動く乗馬選手、そしてさまざまな事件の解決に携わる探偵だったのです。ジョーは、シャーリーの住むベイカー街221bのハウスメイトになり、ふたりの同居生活が始まるのでした。

シャーリーがAIいや電脳家政婦ミセス・ハドソンを使用して謎解きをおこなう様子、そしてふたりの出会いについては、シリーズ前作『シャーリー・ホームズと緋色の憂鬱』で綴られています。未読の方はぜひ読んで下さいね。私は前作のふたりの出会いのシーンがとても好きです。

さて今作では、ジョーの叔母キャロルが結婚するという知らせ、という名の惚気《のろけ》が届くところから始まります。テレビドラマ『ダウントン・アビー』シリーズ（名作！）のファンである叔母は、イギリスの名家を継ぐ男性と結婚できることに大変喜んでいるようでした。彼女に招かれ、ジョーはバスカヴィル家の屋敷にやってきます。するとキャロルのもとに、脅迫状が届いたというではありませんか。そしてバスカヴィル家にまつわる「魔犬の呪い」が、ジョーに忍び寄るのでした。

コナン・ドイル著『バスカヴィル家の犬』オマージュである本作。前作に引き続いてモリアーティ女史の存在、そして新しく登場する肉食美女モラン大佐などのキャラクターたちも物語を彩ります。シャーロキアンの読者にも、にやりとできる場面が多々あることでしょう。

さらに本作の良いところは、前作にも増して現代ロンドンの描写を楽しめるところ。老舗スーパーのマークスアンドスペンサー、ハロッズのチョコレート、コーヒーチェーン店コスタ、ファストフードチェーンのプレタ・マンジェ。あるいは衣服ブランドSuperdry（極度乾燥しなさい）という文字に笑ってしまう方もいるはずです。

なにより私が大好きなのは、必ず挿入される、彼女たちのお茶の場面！　これぞ女子版シャーロック・ホームズにしか登場しない描写。イギリスの女子物語といえば、お茶文化は欠かせません。スコーンやパンケーキ、チョコレートソースやミルクティーが登場するシャーリーとジョーのアフタヌーンティーの風景。「ああ、混ざりたい……」と思う読者も多いのではないでしょうか。かく言う私もそのひとりです。ミセス・ハドソンが我が家にもいたらどれだけ良かったか。ページを捲《めく》るたび、チョコレートソースとスコーンを用意すべきだったと後悔していました。カロリーを気にするジョーに共感しつつ。

しかしこれは案外大切な話です。たかがアフタヌーンティー、されどアフタヌーンティー。

ホームズがシロップたっぷりのパンケーキを楽しむ、この描写に至るまで私たちは百年の時を待ったのです。

なぜならこれまでの「名探偵小説」といえば、基本的に男性文化の典型だったから。

アガサ・クリスティー大先輩の描いたミセス・マープルを除けば、世の中の著名な名探偵は男性がほとんどです。

もちろん灰色の街でパイプをふかしながら速足で歩く名探偵は、男性が似合うんだ、と言われればそれまでですが。それでも私のような女性読者からしたら、やや物足りなさがあったのも事実です。どうしてこの世界で女子は脇役なのだろう。そう幼い頃に思ったミステリ読者の文学少女は、私以外にもいたはずです。ちなみに本家ホームズシリーズに登場する女性キャラクター・アドラーも、ホームズにとっては運命の女ではありますが、いささか出来過ぎた男性のファンタジーっぽさを感じてしまいます（アドラーファンの皆様ごめんなさい、こんなこと言いつつ私もアドラーとホームズの関係には萌えております）。ですが！　そんなことをぶつくさ言っている間に、時代はやってきたのです！　私たちは今ここにホームズとワトソンを「百合」として描いた、ホームズ・パスティーシュの傑作を手にしたのです！　かつてホームズ読者だった文学少女たちは、勝利したと言ってよいのではないでしょうか。私ははじめて本作シリーズを読んだ時、胸が熱くなりました。

百合とは何か。それは「女性同士が深い関係になる物語」を総称する言葉です。そう、私たちはホームズとワトソンの関係にずっとときめいてきたし、あわよくば、女性同士での「探偵と助手」のバディが見たかったのだ。本作を読み、私はそう気づいたのです。

そもそも高殿円という作家は、「同僚の深い関係」を描く名手です。キャラクターの性別関わらず、名前の付かない同僚のやきもきを描かせたら、現代で彼女の右に出る者はいません。

たとえば本作と同じく早川書房から出ている『トッカン―特別国税徴収官―』シリーズのぐー子と鏡。上司と部下でありながら、ロマンスとは違った、同僚として信頼し合う関係性になっています。

あるいは『上流階級　富久丸百貨店外商部』シリーズの静緒と桝家。彼らも最初は仲の悪い同僚だったのですが、いつのまにかこれ以上ないくらい親密で、だけどロマンスではない関係を構築するのです。

他にも挙げればきりがないほど、高殿円の描く、いわゆるラブロマンスではない同僚同士の関係は絶品です。人によってはそれを「やおい」と名付ける人もいるでしょう。

そして高殿円的関係性――つまり、「ラブロマンスになるかどうかわからないけれど、信頼し合っている同僚」というものの魅力が、最近やっと世間にも浸透してきました。ラブロマンスは既にこの世に溢れていますが、実はロマンスになる以前の、あるいはロマンスにならないけれど信頼し合っているバディの関係が、一番ときめくのでは？　とみんなが気づき始めた。それが最近のエンタメ界の傾向だと言えるでしょう。

しかし高殿円は、ずっと前から、その関係を描き続けていた。彼女に時代がやっと追いついたのです。

そして今、シャーリーとジョーの関係が、私たちの手元にやってきている。

ホームズとワトソン。「探偵と助手」という、同僚バディ史上最も古典的キャラクターであるふたりを、現代で、高殿円が「百合」として描く。これ以上に現代で必然性がある創作が、他にあるでしょうか。

そのような意味で、本作シャーリーとジョーの物語は、ホームズの歴史と高殿円の力量と現代の関係性萌えが交差し、私たち読者にやっと届くことになったのです。――これを「ばんざい！」と言わずして何というのでしょう。ジョーがクリーム付きのスコーンに喜ぶのと同じくらい、私たちはこの物語を微笑みながら受け取らなくてはいけません。

女性同士として生まれ変わったホームズとワトソンは、ふたりでおそろいのドレスも着るし、バレンタインにはアフタヌーンティーを楽しむし、時にはカロリーを気にする時もあります。ああ、これこそ読者の待ち望んでいたときめきではないですか！　ジョー、こんな素敵な関係を前にして、きみはダメ男に引っかかっている場合ではない！　なんて一読者としては言いたくもなりますが、おそらく彼女たちの過去や将来も、今後描いてくれることでしょう。

私たち人類はなぜ百年以上も、ホームズの物語を読み続けてきたのか。その大いなる理由のひとつに、ホームズとワトソンの関係性にときめきを覚える人類が大量にいたことは、決して否定できないでしょう。日本語には「やおい」という便利な言葉もありますが、そんな言葉にカテゴライズしなくとも、「探偵と助手というバディ関係になぜかもやもやしたときめきを覚える」「恋愛じゃないけど信頼し合っているふたりが大好き」という感情を長年人類が持ち続けていた。その結果、今も世界には大量のホームズ・パスティーシュが生まれ、人類はときめきを保持し続けているのです。

そして今、私たちは高殿円の作りし「ホームズとワトソンの現代百合」を読むことができる。これが文化の勝利と言わずして、なんと言いましょうか。

今後ふたりがラブロマンスに発展するのかしないのか。なかなか男の見る目がないジョーがどのような恋愛の価値観を築いていくのか。「心がない」なんて言ってしまうけれどジョーのために人工心臓に負担をかけロンドンを離れたシャーリーの「心」はどこへ向かうのか。私たちはこの物語を、見届けなくてはいけません。

ホームズ文化を百年支えてきた読者待望の物語、ホームズとワトソンの「百合」。私たち読者はミルクティーでも淹《い》れて、今後の展開を楽しみに待つことにしましょう。

現代ロンドンに生きる、ベイカー街221bの夢を見ながら。

「シャーリー・ホームズとバスカヴィル家の狗」扉絵ギャラリー
雪広うたこ　ミステリマガジン 2019 年 7、9、11 月号より

本書は二〇二〇年一月刊の単行本『シャーリー・ホームズとバスカヴィル家の狗』を文庫化したものです。

トッカン　特別国税徴収官

高殿　円

税金滞納者を取り立てる皆の嫌われ者、徴収官。特に悪質な事案を扱うのが特別国税徴収官（略してトッカン）である。新米徴収官ぐー子は、鬼上司・鏡特官の下、カフェの二重帳簿疑惑や銀座クラブの罠に立ち向かい、「税金」について学んでいく。井上真央主演で連続ＴＶドラマ化した税務署エンタメシリーズ第一弾

ハヤカワ文庫

トッカン the 3rd おばけなんてないさ

高殿 円

消えた霊能者、仕事がないのに稼働する運送会社、滞納の謎を追って鏡とぐー子は鏡の故郷・栃木へ出張する。滞納者たちが秘めた恐るべき事情が明るみに出たとき、ぐー子が宙を舞い、鏡の推理が冴え渡る！　元嫁周辺など鏡のプライベートも明かされる、税務署エンターテインメントシリーズ第三弾。解説／笠原秀幸

トッカン　徴収ロワイヤル

高殿 円

トッカンこと特別国税徴収官の鏡とトッカン付き徴収官ぐー子の京橋中央税務署名物コンビが手掛けるのは、生活に直結するお金と人情の謎……長年住んだ家を公売オークションに出す老婦人の救済や、難問目白押しの税務大学研修、密売滞納者を追う対馬出張など、六篇を収録したシリーズ初の短篇集。解説／池澤春菜

ハヤカワ文庫

シャーロック・ホームズの冒険〈新版〉（上・下）

The Adventures of Sherlock Holmes

アーサー・コナン・ドイル
大久保康雄訳

赤毛の人物を救済する謎の団体を追う「赤毛連盟」、ドイルが自身の作品中でベストに選んだ「まだらの紐」など、名探偵シャーロック・ホームズがワトスン博士とともに挑んだ冒険12篇を収録。後世のミステリ作品に多大な影響を与え、舞台、映画、ドラマと、小説の世界にとどまらない広がりを見せる永遠の名作。

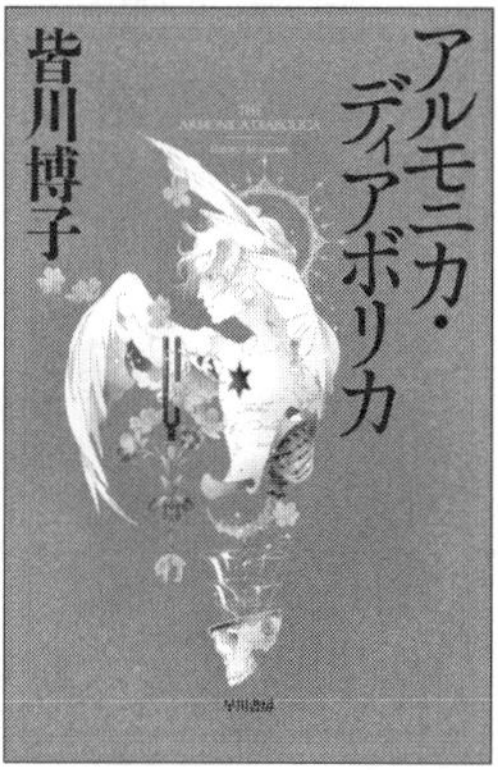

アルモニカ・ディアボリカ

皆川博子

『開かせていただき光栄です』続篇

十八世紀英国。愛弟子を失った解剖医ダニエルが失意の日々を送る一方、暇になった弟子のアルたちは盲目の判事の要請で犯罪防止のための新聞を作っていた。ある日、身許不明の屍体の情報を求める広告依頼が舞い込む。屍体の胸に謎の暗号が。それは彼らを過去へと繋ぐ恐るべき事件の幕開けだった。 **解説／北原尚彦**

著者略歴　1976年兵庫県生，作家　著書『シャーリー・ホームズと緋色の憂鬱』，〈トッカン〉シリーズ（以上早川書房刊），〈上流階級〉シリーズ，『カミングアウト』『剣と紅』『グランドシャトー』『忘らるる物語』他多数

HM=Hayakawa Mystery
SF=Science Fiction
JA=Japanese Author
NV=Novel
NF=Nonfiction
FT=Fantasy

シャーリー・ホームズとバスカヴィル家《け》の狗《いぬ》

〈JA1559〉

二〇二三年十月二十日　印刷
二〇二三年十月二十五日　発行
（定価はカバーに表示してあります）

著者　高《たか》殿《どの》　円《まどか》
発行者　早川　浩
印刷者　矢部真太郎
発行所　株式会社　早川書房
郵便番号　一〇一‐〇〇四六
東京都千代田区神田多町二ノ二
電話　〇三‐三二五二‐三一一一
振替　〇〇一六〇‐三‐四七七九九
https://www.hayakawa-online.co.jp

乱丁・落丁本は小社制作部宛お送り下さい。送料小社負担にてお取りかえいたします。

印刷・三松堂株式会社　製本・株式会社フォーネット社

ISBN978-4-15-031559-7 C0193

本書は活字が大きく読みやすい〈トールサイズ〉です。